AF365360

رواية قصيرة

الماگوس

سليمان سعيد تمي

2022

ISBN 978-3-033-09637-0

التدقيق اللغوي: بياز صـالح ونبيل يوسف

التنضيد: نبيل يوسف

تصميم الغلاف: Mouna Ahizoune

"ها أنا أثير عليهم الماديين الذين لا يكترثون للفضة ولا يسرون بالذهب."

سفر اشعيا ١٧:١٣

رفرفت روح گوماتا كاهن ميديا العظيم في فكري فكان هذا الكتاب.

الإهداء

للباحثين عن الشمس في حياتهم.

ميديا

على فرسه البيضاء الرشيقة، في يوم ربيعي من شهر نيسان المشمس، كان الفارس فراورت يقوم بجولته اليومية في الهضبة القريبة من أسوار عاصمة الإمبراطورية الميدية أكباتانا، مستمتعاً برائحة الزهور، والأعشاب، وبجمال ألوان الفراشات على الأرض. كانت نتف الغيوم البيضاء تمر ببطء، وتحتها كانت تحلق الصقور في دوامات بديعة في السماء. فقال بصوت عالٍ:

- آه أيتها الصقور الحرة متى سأحلق مثلك؟

ثم فجأة تبادر إلى سمعه أصوات أحصنة، حيث رأى مجموعة من الفرسان تطارد فارساً كان يتّضح من لباسه أنه من الأشوريين. حاول الفرسان إسقاطه أرضاً ليسلبوه حصانه، وسلاحه. هذه العادة كانت دارجة لدى السكيثين عند الاستيلاء على ممتلكات الغرباء.

ضربَ أحدهم الفارسَ على ظهره برمحه، فتهاوى الفارس على الأرض. إلا إنه نهض سريعاً كمحارب محترف اعتاد ذلك، واستل سيفه مدافعاً عن نفسه، ممسكاً رأس حصانه الأسود بيده الأخرى.

فأحاط به الفرسان السكيثيون محاولين الانقضاض عليه. إلا أنه كان يتفادى رماحهم، وضربات سيوفهم بمهارة.

قرّر فراورت التدخل، ومساعدة ذلك الفارس الأشوري الوحيد في تلك المعركة غير العادلة. استل سيفه، وهجم بحصانه وصاح:

- اتركوه يا أوغاد!

انتبه له الفرسان الخمسة، وحاول اثنان منهم التصدي. إلا أنه تمكنَ من جرح الأول في ذراعه، وأوقع الآخر بضربة قوية من ترسه.

فاستغل الفارس الأشوري انشغال الخيالة الآخرين بأصحابهم، فقفز على ظهر حصانه مثل سهم منطلق، وانقضّ على السكيثين. فما كان منهم إلا الفرار.

وقف الفارس الأشوري أمام فراورت، وقال له، وهو يأخذ أنفاساً عميقة:

- شكراً للمساعدة أيها الميدي! لقد أنقذتني من هؤلاء اللصوص.

فرد فراورت، وهو يتنفس الصعداء:

- ماذا تفعل هنا أيها الأشوري؟
- جئتُ لأشتري بعض الحلي الميديّة النفيسة، وأمتّعَ عيني بجمال أرض ميديا، وأحصنتها.
- آه من العشاق! قطعتَ كل هذه المسافة لتشتري حليّاً لحبيبتك!
- كلا! إنها لوالدتي الطيبة.
- كم أنت ولدٌ بارٌّ! لقد تحملتَ مشقة السفر لتدخل السرور الى قلب والدتك.
- إنها لأجل أمي ألا يكفي ذلك؟
- بالطبع هذا كافٍ! حسناً فلنذهب إلى المدينة الى صديقي شاؤول اليهودي، فلديه أجمل الحلي في المدينة. بالمناسبة اسمي فراورت. وما هو اسمك؟

- اسمي سرگون!

اتجه الاثنان نحو عاصمة الإمبراطورية الميدية أكباتانا، حيث ارتاح كلاً منهما لصاحبه رغم حساسية الوضع القائم بين الأشوريين، والميديين. امتد أمامهما مرج أخضر، وكانت فراشتان ملونتان تحلقان، وتتعانقان، وتبتعدان، ثم ترجعان لتلتقيا من جديد.

وفي قمة الهضبة انبهر سرگون برؤية أكباتانا. مدينة تحيط بها سبعة أسوار. كل سور أعلى مما يسبقه. حتى لتبدو الأسوار كأنها درجات، أو شرفات. كلّ سور كان ملوناً بلون خاص. السور الأول بلون أبيض، والثاني بلون أسود، والثالث بلون قرمزي، والرابع بلون أزرق، والخامس بلون برتقالي، يليها الفضي، وآخرهم الذهبي. ثم يكون قصر الملك كيخسرو في رأس التل. أمام البوابة البرونزية الضخمة تتوزع فرقة من الحرس، وهم يحملون السيوف القصيرة، والرماح. كانوا يحرسون البوابة، وينظمون القوافل الطويلة المصطفة أمام سور المدينة. قوافل محملة بأنواع مختلفة من البضائع كالحبوب، والأقمشة، والأسلحة، والأواني المعدنية، والفواكه، منتظرة السماح لها بالدخول. وفوق السور وعلى الأبراج كان هناك حراس يحملون السهام، وآخرون يحملون الأبواق عند الطوارئ.

ترجل تاجر الحرير بلباسه الروماني من عربته المرفهة، وكانت تبدو عليه آثار الثراء. تقدم نحو فراورت ورفيقه:

- مرحبا بك ياسيدي الفارس! كيف حالك؟ أشكر الإله لظهورك في هذا الوقت العصيب.

- أهلاً بك يا عزيزي! أسعدتني رؤيتك مجدداً! ما المشكلة؟

- إني انتظر هنا مع إبلي، وأحصنتي، وعبيدي منذ الظهيرة. قافلتي محملة بالحرير. والشمس أوشكت على المغيب. أرجوك أن تخبر هؤلاء العاملين أن يسرعوا في إجراءاتهم. إننا متعبون جداً.

- حسناً يا صديقي! فكما تعلم أن التدقيق في حمولة القافلات أوامر ملكيّة. ولكنني سأرجو رئيس العمال الإسراع. هل تقبل دعوتي على العشاء؟ إن والدي سيُسرُ برؤيتك مجدداً.

-   بكل سرور يا سيدي. وشكراً لدعوتكم الكريمة!

-   حسناً! أراك قريباً.

اتجه فراورت، ورفيقه سرگون نحو باب المدينة المحصن. ألقوا التحية على الحراس، وقام سرگون بتسليم سلاحه إلى الأمانات. فالقانون الميدي يمنع دخول الغرباء وهم مسلحينَ.

حثّ فراورت رئيس العمال بالإسراع في إجراءات دخول القوافل. استجاب رئيس العمال لطلب فراورت وطلب من العمال الإسراع في عملهم.

تعجب سرگون من تنظيم شوارع المدينة، وسوقها الكبير الذي يملئه الناس بحركتهم المستمرة.

توزعت متاجر النحاسيات، والفضيات، والمجوهرات، والأقمشة، والمطاعم، وحانات الشرب بانتظام. كانت حركة العربات العسكرية التي تجرها الخيول مستمرة. تتخللها حركة العربات الشخصية الصغيرة التي كان يجرها الحمالون لتوصيل ما يشتريه الناس لبيوتهم.

قال فراورت لسرگون مقترحاً:

- هيا نذهب إلى منزلنا لترتاح مع حصانك. أنت اليوم ضيف عزيز. ولا بد أن والدتي ستساعدك في شراء المجوهرات لوالدتك. فالنساء لديهن خبرة أكثر.

فقال سرگون:

- وحق أشور لقد أصبت. وشكراً لكرمك يا صديقي! وأتمنى ذلك من كل قلبي. فخبرتي في شراء المجوهرات، واختيارها كخبرتي في إعداد وجبة طعام. فأنا جاهل في هذه المسائل كلياً.

فضحك فراورت، وقال:

- حسناً فلنذهب الى المنزل! وستكون ضيفنا العزيز بكل ودّ.

وفي منزل فراورت ازداد اندهاش سرگون من الرفاهية، والثراء في المنزل. اندهش من اصطفاف التماثيل الرخامية، والاعمدة المرمرية المزينة، والأرضية الملونة، والسجاد النفيس، والفراء على المقاعد الرخامية فصاح:

- وحق الاله أشور لم أكن اعلم أن الميديين لديهم كل هذا الثراء والحس الجمالي. بيتك رائع حقاً يا صديقي!

فقدم فراورت لضيفه الشراب. واستدعى والدته ماندانا، وشقيقته مينا للتعرف على الضيف. دخلت الأم ماندانا مع ابنتها مينا، وهي ترحب بالضيف:

- أهلاً بضيفنا العزيز!

- لي الشرف في استقبالكم لي سيدتي. وسأبقى مديناً بعمري لولدكم الذي أنقذ حياتي.

- هذا واجبه يا بني. فولدي فراورت قد وُلدَ محارباً، ولذلك أصبح أبرز قائد عسكري في ميديا عكسَ ما كان يتمناه له والده. كان والده يريده كاهناً بحسب تقاليد عشيرتنا الماگ.

- يبدو أن القدر اختار له مصيراً آخر سيدتي.

- بل هو من اختار قدره أيها الفارس.

- وهل يختار المرء قدره يا سيدتي؟

- بالطبع! فكل ما حولك يسمع ما تفكر به، وما تريده، وهو يحوله الى حقيقة.

- ما قلتيه عميق جداً ويحتاج مني وقتاً طويلاً لاستيعابه وذهني الأن مجهد من التعب.

تدخل فراورت وقال:

- لا عليك يا صديقي! والدتي ماندانا هي سيدة الكلمات. وكلماتها تحتاج الى تركيز كبير لتُفهم.

- والدتك هي السيدة ماندانا (سيدة الكلمات)؟ هذا يوم حظي يا صديقي فراورت! فكلماتها تلقى صدىً كبيراً بين النخبة في أشور. ووالدي من أشد المعجبين بكلماتها. كم أنا سعيد بلقائك ياسيدتي.

تقدمت مينا بسنواتها الثمانية عشر ولباسها الحريري الطويل نحو سرگون وقالت مبتسمة:

- أما والدي فيقول لكل منا خطة إلهية، وتحقيق الخطة يعتمد على مدى نجاحك في اختبارات الحياة.

أعجب سرگون بكل ذاك الجمال البريء، وقال بعد برهةٍ:

- والدك بالتأكيد رجل حكيم ولديه المعرفة ليقول ذلك.

- بالتأكيد يا سيد فوالدي هو كبير كهنة ميديا، وهو الحارس الأمين لمعبد النار المقدسة للإله مزدا. وهو العارف ببواطن النفس. أنه العظيم گوماتا.

فصاح سرگون متعجباً:

- لا أصدق! هل حقاً أنا في منزل السيد گوماتا؟ إنه ذائع الصيت في نينوى. إنها بالفعل من أعظم الصدف التي قدمها لي الإله أشور. ولكن بحق أشور كيف يلتقي الماء بالنار وتكون السيدة ماندانا زوجة السيد گوماتا؟

نطق سرگون هذه الجملة الأخيرة بصوت عالٍ. ثم وضع يده على فمه نادماً على قوله، وشعر بالإحراج أمام الحضور الطاغي للسيدة ماندانا.

- أرجوك! هلّا قبلتِ اعتذاري؟ التعب قد تمكن مني.

فابتسمت ماندانا وقالت:

- لا عليك أيها الفارس المغوار! هذا السؤال يتبادر الى أذهان جميع الناس. ولنقل إنني أخترت أن يكون هو قدري وأختار الإله له أن أكون قدره. وبذلك كان ما كان، وأصبحنا روحاً في جسدين.

فقال سرگون بخجل:

- فليدم أشور عليكم جميعا السعادة، ويجعل أيامكم فرح، وسرور.

وتدخل فراورت:

- اقترح عليك يا صديقي أن ترتاح قليلا في غرفة الضيوف وتأكل القليل من الفواكه حتى يحين موعد العشاء.

ألقى سرگون نظرة فاحصة على مينا، وكأنه يريد الاحتفاظ بصورتها في مخيلته ثم قال:

- نلتقي قريبا سيدتاي.

في بيت گوماتا جلس على مقعد مغطى بفرو خروف ناعم في الغرفة المخصصة لاستقبال الضيوف. على الجدار أمامه صورة للإله مزدا. أله بهيئة رجل بأربعة أجنحة على جانبيه من الأعلى قرص الشمس الذهبية تتنسلُّ منها خيوطاً لامعة.

على المائدة امتدت صحون الفواكه، وأنواع الشراب في أباريق خزفية، وأقداحٍ فضية. فصب لنفسه القليل من النبيذ اللذيذ منتظراً لقاءً جديداً مع مينا.

النبي

كان الملك كيخسرو جالساً على عرشه العظيم الذي يعلوه نقشاً للشمس رمز الإله مزدا، وعلى جانبي العرش مشاعل نارية. كان الملك مرتدياً لباسه الحريري، وتاجه الذهبي حاملاً في يده صولجاناً مذهباً منقوشاً عليها صورة الشمس. على جانبي العرش كان الحكماء السبعة الذين عينهم الملك في مجلس جالسين. إن قاعة العرش واسعة ومزينة برسومات الشمس، وتماثيل الأسود، والصقور. وفي كلا جانبي القاعة تنوران يفوران بلهيب النار المقدسة.

كان مجلس الحكماء مكوناً من سبعة من نخبة حكماء ميديا، من قبائل الميديين، واليهود، والفرس. ومن عادة ملك ميديا مشاورة مستشاريه السبعة في جميع شؤون المملكة، كل حسب اختصاصه. كان يتخذ قراره بعد أن يستمع لآرائهم.

لقد طلب الملك الاجتماع بالحكماء للنظر في مسألة رجل قد ادعى أنه النبي المرسل من قبل الإله أهورامزدا. كان اسم ذلك الرجل زارا.

لقد دعا زارا الميدي لدين جديد. ورغم انفتاح الشعب الميدي على كل الأفكار الجديدة، وانتشار العلوم بينهم، وتعدد الأديان لكن دين زارا لم يقنع الشعب، بل وتحاشوه لانشغالهم بالعمل، ولرفاهية الحياة في مملكة ميديا. وقد بلغ

الملك خبره من فرقة سرية تسمى عيون الملك. هذه الفرقة كانت تنقل للملك ما يدور في جميع المدن الميدية، وردود أفعال الشعب تجاهها.

أما زارا فقد جاء إلى الملك ليعرض عليه الدعوة إلى دينه الجديد بعد سنوات من دعوته لعامة الناس دون جدوى. كان إقناع الملك، ومجلس الحكماء يعني سيادة زارا على ميديا وانتصاراً للإله أهرومزدا إله النور، والخير على أهريمان إله الظلام والشر.

فدعاه الملك لهذا الاجتماع مع حكمائه وخاطبه قائلاً:

- أنت هنا يا زارا أمام سبعة من أعظم حكماء ميديا. وسأبدي رأي فيما جئت من أجله بعد أن تعرض على الحكماء ما تريد.

رد زارا شاكراً:

- شكراً لجلالتكم لمنحي هذه الفرصة الثمينة! فهذا كرم عظيم لجلالتكم لي.

وتوجه زارا إلى الحكماء قائلاً:

- أيها السادة! إن إلهي العظيم أهورامزدا عن طريق ملاكه فاهومانا في قمة جبل سبلان قد شرفني باختياره لي في حمل رسالته، بعد سنوات من تعبدي، وتأملي لكل ما حولي، وقراءتي لجميع مخطوطات الكهنة في ميديا، ولقائي بالكثير من كهنة الأديان الأخرى. فلقد كثر الفساد بين الناس في هذه الأيام، وانحرفوا عن تعاليم الإله العظيم أهرومزدا، وقد سيطر على عقولهم إله الشر، والظلام أهريمان. لذلك يجب نشر رسالة إلهي إله الخير بين الناس ليلتجئ الجميع إليه، ويلتفوا حوله حسب تعاليمه حتى ينتصر العالم في النهاية على أهريمان. فالشر والفساد يتسلل بين الناس من خلال

جنود أهريمان الخفية الذين يوسوسون بالشرور، والآثام في صدور الناس. فهم يعرفون نقاط ضعفهم. فيزيدوهم طمعاً، ويوغرون في صدورهم الأحقاد. فإذا لم ينتبه شعب ميديا لذلك فإن الهلاك بانتظارنا جميعاً.

- وهل تملك إثباتًا بأن الإله اختارك لهذه المهمة؟

خاطبه ناحوم حكيم اليهود في ميديا متسائلاً.

- بالطبع ياسيدي فالحكمة التي انطق بها، والوعيد الذي جئت به رسالة واضحة.

- لايكفي هذا يا سيد زارا! فلكل نبي معجزة. أرني قدرة إلهك إذا كنت المختار، وسأكون أول المؤمنين بك.

- معجزتي هي وعدي الصادق لك بأنك سوف ترى ذلك بعد موتك، وعذابك في حياتك الأخرى إن لم تصدقني.

- هذا لا يقنعني بنبوتك يا سيد. فالنبي لديه دائما معجزة، وليس فقط أقوال.

- إني رسول فقط. ولقد أمرت من إلهي بإبلاغكم.

- ولماذا سيختارك أنت بالذات لتبليغ رسالته؟ ألا يستطيع ملاكه إبلاغنا كما أخبرك؟

سأله سابور حكيم الفرس. فأجاب زارا:

- بالطبع يستطيع. ولكن لديه حكمة عظيمة في ذلك وهي أن يختبر إيمان الناس وصدقهم.

- ومن هو الإله أهريمان الذي لم نسمع به قط؟ وكيف عرفت بوجوده؟

توجه إليه بالسؤال مازاري حكيم قبيلة بوسّي الميدية.

- إنه إله الشر والظلام، وهو العدو اللدود لإلهي إله الخير، والنور.
هذا ما أخبرني به إلهي. وإذا تأملت العالمَ قليلاً ستجد آثاره في كل
مكان. فالنور والظلام في صراع أبدي. فلا وجود لأحدهم بوجود
الآخر.

- حسناً يا سيد زارا كيف ترى من منظور دينك هذا العالم؟
قال ذلك له هارباك حكيم قبيلة آريزانتي الميدية. فأجابه زارا شارحاً:

- الحق أقول لك يا سيدي كما قال لي إلهي إن تاريخ العالم يتمثل في
الصراع بين الخير الذي يمثله الإله "أهورامزدا"، والشر الذي
يمثله الإله "أهريمان". إن أهورامزدا ليس مسؤولاً عن الشر؛ لأن
الشر جوهرٌ، مثله مثل الخير. إن هاتين القوتين وجهان للموجود
الأول الواحد. لذا لا بد أن يكون بعد الموت حياة أخرى، بعدما
ينتصر الإله الأوحد على الشر. عندئذ يُبعث الموتى، ويحيا الناس
مرة أخرى،، وتنطلق الأرواح الخيرة إلى الجنة. أما روح الشر،
وأتباعها من الخبثاء، فيحترقون في المعدن الملتهب. عندها يبدأ
العالم السعيد المليء بالخير، العالم الذي لا شر فيه، وسيدوم أبدياً.

- إذاً أنت تعتقد بأن قوة إله الشر تكافئ قوة إله الخير، وأن العالم
في صراع مستمر؟
سأله حكيم قبيلة بودي الميدية ماداخ. فأجابه زارا مؤكداً:

- بالتأكيد يا سيدي. وعلى الناس معرفة ذلك، والالتجاء دائماً لإلهي
لنزع قوى الشر من القلوب عن طريق العمل البار، والقول

الصالح، والنية الصالحة. وبذلك يتحصنون من جنود أهريمان الخفية، ويسود الخير بين الجميع.

- ولماذا أتيت لتقنع الملك ومجلس الحكماء بدينك؟ فبإمكانك نشر فكرك بين شعب ميديا، والناس لها حرية أن تؤمن بما عندك أو ترفضه.

هذا ما قال له حكيم قبيلة پاريتاسيين الميدية   ساداك.

- قد فعلتُ ذلك في السنوات الماضية، ولكنهم لم يفهموا قولي، لأن ما أطرحه جديد على مسامعهم. ولا يستطيعون التخلي عن قناعاتهم السابقة. لذلك توجهت إلى مجلس ملكنا المبجل لإبلاغكم رسالة إلهي. فإن قبلتموها سيتبعها الشعب. فالناس تقتدي بكم وتؤمن بما تؤمنون به.

عندها تقدم نحو زارا كبير كهنة ميديا، وعرافها وحكيم قبيلة ماگي گوماتا قائلاً:

- الحق أقول لك يازارا أنت رجل حر، وحكيم. ويبدو أنك فكرت كثيراً، وبحثت كثيراً في سر العالم. ولكن دعني أخالفك الرأي في أن للشر والظلام إله.

فالظلام هو غياب النور، وهذا يعني أنه ليس مصدراً، بل نتيجة لغياب المصدر كما هو الخير، والشر. فالخير هو الأساس، والشر يكون في القلوب الخالية من الخير. فالشر ليس مصدراً. بل إن الخير هو المصدر. فإنك لا تستطيع أن تحب، وتكره في نفس الوقت. وعليه لا أجد أن فكرة وجود إله للشر فكرة صائبة.

- هذا ما كنت أعتقده سابقاً أيضا يا سيدي. فلقد استأذنت زوجتي هافويه في أن أعيش بعيدًا عنها حيناً ناسكًا من الزمن. أتأمل صور الشر والخير. انطلقت إلى جبل سبلان، وعزمت ألا أعود لبيتي حتى اكتسب الحكمة. وقد عشتُ هناك وحيدًا متأملاً لعلني أجد حقيقة الخير، والشر. وذات يوم وبينما كنت متأملاً في غروب الشمس، وحلول الظلام بعد النور، حاولت أن اكتشف الحكمة من ذلك، ورأيت أن اليوم يتكون من ليل ونهار، نور وظلام. وإن العالم أيضا يتكون من خير وشر. والشر كائن بذاته كما هو الخير. فالخير لا يمكن أن يصبح شراً، والشر لا يمكن أن يصبح خيراً. وازداد يقيني عندما جاء ملاك الإله فاهومانا ليختارني في إبلاغ رسالته، والتحذير من أهريمان.

فرد عليه گوماتا:

- يا سيد زارا أن كل سيوف العالم لا تستطيع محاربة الظلام. لكن إضاءة قنديل صغير في وسط الظلام سيبدده تماماً. كما أن إطفاء القنديل سيكون سبباً في سيادة الظلام على المكان. لذلك يتبدد الظلام بشروق نور الشمس رمز الهنا العظيم مزدا في هذا العالم. فحيث النور يغيب الظلام. فهما لا يجتمعان. وهذا ما يجري في القلوب أيضاً. إن إلهنا إله الخير، والوفرة. إله الحب، والسعادة. وهو مصدرها جميعاً. أم الشرور جميعاً مصدرها من الأمكنة التي يغيب فيها نوره.

فتوجه الملك كيخسرو لزارا قائلاً:

- اعتقد يا سيد زارا إنك أخذت فرصة عظيمة لتقول ما تريد أمام أعظم حكماء ميديا. ولكن يبدو أنك لم تتمكن من إقناع أياً منهم بنبوتك. ومع ذلك فإنني أعطيك الأمان لتنشر رسالتك بين الناس بعد انصرافك من هنا. على الرغم من أنني متأكد أن فكرتك لن تجد أذناً صاغية بين شعب ميديا. وخاصة أن حكماءها لم يقتنعوا بها. فالرأي الصائب لك هو أن تجد مكاناً آخر تدعو فيه الناس لدينك.

لم يكن الملك كيخسرو يريد في تلك الفترة أية قلاقل تثير الشعب، والجيش. فميديا كانت في قمة ازدهارها، وكانت لدى الملك خطة قوية في توسيع سيادتها. لذلك وجه رسالة خفية لزارا في ترك دعوته، أو مغادرة ميديا حيث لم يتمكن من إقناع حكمائه السبعة.

انصرف النبي زارا حزيناً وفي نيته ترك ميديا إلى مكان آخر، وأصوات هتافات الحكماء السبعة كانت تعلو خلفه:

تحيا ميديا العظيمة!

يحيا الملك كيخسرو العظيم!

الماگوس

في يوم الأربعاء المقدس، وفي معبد النار للإله مزدا الذي يمتد على مساحة شاسعة من الأرض، وتتوسطه بركة ماء كبيرة تسبح فيها طيور البط، والوز، وتتوزع الاشجار المتنوعة في جميع الأماكن، هناك تظهر أماكن لجلوس زوار المعبد، وتُظهر الزهور المتنوعة المتواجدة في أماكن متفرقة، والمنسقة بشكل هندسي على شكل قرص الشمس. هناك تتجلّى روعة الاهتمام، والهندسة التي اسُتخدمت في الزراعة والتنسيق. وفي الطرف المقابل للبوابة الرئيسية، وعلى علو مترين تظهر مجمرة النار الدائرية التي تخرج منها النار المقدسة من سبعة أماكن بألوان زاهية، وبشكل دائم، ومستمر.

صعد گوماتا كبير كهنة ميديا ومستشار الملك في مجلس الحكماء إلى منبره بجانب مجمرة النار ليخطب بمناسبة يوم تنصيب الملك كيخسرو.

ورث گوماتا منصبه كماك وكاهن لمعبد النار من والده الذي كان كاهناً في زمن الملك المقتول والد الملك كيخسرو. فهذا المنصب محصور في قبيلة الماگ الميدية، ومن يقع عليه الاختيار يكون قد حصل على مكانة مقدسة بين جميع المزدانين اللذين يدينون بدين الإله مزدا، وتجسده في الطبيعة كقرص الشمس رمزاً للنور في العالم.

ذهب گوماتا كأقرانه من أطفال قبيلة الماگ الى معبد النار، وابتدأ منذ السابعة بتعلم القراءة، والكتابة، والعمليات الحسابية. وحفظ مزامير مزدا المقدسة، وطبق تعاليم الدين المزداني التي تدور حول نقاوة القلب، والعمل الصالح. فنورمزدا يظهر في القلوب النقية، لذلك على اتباعه بذل الجهد لعمل الخير دائماً في كل مكان، ويعاقب كل طفل يظهر سلوكاً شريراً، سواء مع أهله، أو أقرانه، أو الحيوانات، أو النباتات. فتعاليم مزدا تدور حول المبدأ الاساسي المنقوش على معبده:

(كن مثل الإله الذي يشرق على الجميع بمحبة).

وأما الأطفال اللذين كانوا ينجحون في حفظ مزامير مزدا، ويُظهرون نقاوة القلب والمحبة أكثر من خلال كلماتهم، وأعمالهم يتم اختيارهم في معبد الكهنة بعد سن الخامسة عشرة، ليتم تجهيزهم ككهان في معابد مزدا المنتشرة في الامبراطورية الميدية. وفي تلك المرحلة يتم وضع الكاهن التلميذ في اختبارات نفسية، وجسدية عديدة لإيصاله الى مرحلة الانحلال في روح مزدا. وهي مرحلة تحتاج الى جهد، ومشقة كبيرة. حيث كان عليه الامتناع عن الطعام، والشراب. وكان عليه الجلوس عارياً تحت أشعة الشمس، وتحت شلال المياه المتدفقة، والسهر حتى ساعات متأخرة في الليل، وهو يردد اسم مزدا فقط. كما كان عليه الامتناع عن مخالطة البشر، والصمت، وعدم نطق كلمة مسيئة. أما في الحادية والعشرون من عمر الكهنة كان مجلس الماگ الأعظم يقوم بتوزيعهم على المعابد. ومن تظهر فيه الحكمة في قلبه، ومن كان يستنير بنور مزدا، وتظهر على يديه المعجزات يصبح نائباً للكاهن الأعظم في الطريق ليصبح في مكانه.

في إحدى الليالي الربيعية المقمرة، وبينما كان گوماتا في حجرته في المعبد يردد اسم مزدا غارقاً في الصمت، فاض النور في قلبه، وأسرع الى ساحة المعبد، والدموع الغزيرة تنهمر من عيونه، وهو يردد مزدا مزدا بصوت عالٍ. ووضع يده على الكرمة المورقة حديثاً، فنمت أوراقها بسرعة كبيرة، وأثمرت عنباً. وشهد جميع زملائه، ومعلميه هذه المعجزة. فكان قرارهم بالإجماع بأنه سيكون نائب الكاهن الأعظم الذي كان والده.

وبعد وفاة والده أصبح گوماتا الكاهن الأعظم لمعبد مزدا، وكبير كهنة ميديا، ومستشار الملك في مجلس الحكماء السبعة.

گوماتا أظهر العديد من المعجزات، كشفاء الناس من أمراضهم النفسية، والجسدية. فهو العارف ببواطن النفس، وتحرك النجوم، وتفسير الأحلام. وهناك حكايات كثيرة حول قدراته في تحقيق الأمنيات. هو وكيل الإله مزدا على الأرض، والقادر على التواصل معه بإدخال نفسه في حالة صمت رهيبة باستخدام ثلاثة أحرف، ثم توجيه المؤمنين بسم الإله مزدا عبر الكلمات التي ينطقها گوماتا.

وكانت كلمة گوماتا عند الملك ثمينة كالذهب. فهو من حدد مكان تواجد الزيت الميدي، وبفضله أصبحت ميديا تصدر الزيت إلى كل أصقاع الأرض الذي يستخدم في إنارة القناديل، والمشاعل. وبه تغطس كرات الكتان التي تستخدم في الحروب لإشعال الحرائق في حصون الخصوم.

كما شارك گوماتا في سنّ قوانين الحرب للملك مع الحكماء السبعة. وهو من اقترح على الملك تقسيم الجيش إلى فرق تختص كل فرقة منها بنوع معين من الاسلحة حسب رغبة المحاربين، مما ساهم في تطور سريع لقدرات

الجيش الميدي. فمنهم من اختص بقتال الرماح، واختص آخرون بالسهام، وآخرون بالسيوف. وكان اختيار الفرسان يقع بعد اختبارات صعبة للغاية. كما اقترح گوماتا على الملك أن يكون انضمام المحاربين للجيش طواعية. وذلك بتخصيص رواتب عالية للمحاربين. وبهذه الرواتب يتمتع المحاربين بتقدير، واحترام الشعب. فالمملكة الثرية تقع على طريق الحرير، وبها تمر جميع قوافل تجارة الأرض. ولأن المحارب متطوع برغبته، وقد اختار القتال، سيصبح محترفاً بتدريبه. وهذا ما كان يريد گوماتا حقاً، جيشاً من المحاربين الذين يجري عشق القتال في دمائهم.

لقد وافق الملك على جميع مقترحات گوماتا. ووثق فيه ثقة عمياء، خاصة بعد أن أصبح ابنه فراورت من أقوى قادة فرسان الملك، وتسلمه مهمة الإشراف على تدريب المحاربين الميديين. لذلك يتشوّق شعب ميديا لسماع خطبة گوماتا ، فكل كلمة تخرج من فمه تعتبر مقدسة.

جاء گوماتا ووقف أمام الجماهير بثوبه الطويل المزركش، وحيا الجماهير بيديه الخارجتين من كم ثوبه، ثم استدار نحو المعبد ووضع كفي يديه بشكل مثلث معاً أمام صدره وكرر سبع مرات صوت (أأأأأأأأأأأأ) مع تنفسه ببطئ ثم سبع مرات كرر صوت (أوووووووو) ثم سبع مرات صوت (أممممممممم) . ثم استدار نحو الشعب وقال بصوت تلهبه الحماسة:

- بارك الاله مزدا بنور ناره المقدسة ملكنا العظيم كيخسرو، وبارك ميديا العظيمة، وباركم أيها الميديون. فأنتم من جعلتم ميديا عظيمة. فلا عظمة لمكان بدون شعب يخلق له قيمة.

يا أيها الشعب الكريم! بالتزامكم بقوانين ملكنا العظيم ساد الأمن والرفاهية، وانتشر العدل. والعدل هو من أهم مقومات الحكم.

وأصبح للجميع حقوق، حتى للعبيد، وأسرى الحرب. حقوق تكفل لهم حياة آمنة في ميديا. فإلهنا العظيم مزدا وضع نوره في قلوبكم جميعاً عند ولادتكم. لذلك أنتم أحرار فيما تفعلون بحياتكم. أيها الأحبة! إن نور الاله يشرق عليكم جميعاً كل يوم. وهذا عادل تماماً. ولكن ليس لدى الجميع البصيرة، فيحجبون نوره عن قلوبهم، ويحولون حياتهم إلى بؤس. أزيلوا جميع العوائق من قلوبكم، والنورُ سوف يشرق. أزيلوا الحقد، والكره، والحسد، والغيرة، والنورُ سوف ينير طريقكم.

أحبتي في مثل هذا اليوم اختار إلهنا العظيم مزدا ملكنا كيخسرو ليقود شعب ميديا نحو الحرية. لأننا ولدنا أحراراً، ويجب أن نبقى أحراراً. وهناك وعد من الإله مزدا بأنكم قريباً ستبصرون نور الحرية التي حلم بها ملوكنا السابقون وأباءكم، وستحققون إنجازًا لم يسبقكم إليه أهل الأرض.

ولتعلموا أنكم لستم هذه الأجساد فقط، بل تحملون في أنفسكم نور الإله مزدا الذي يمنحكم القوة للفوز بالحرية التي أكاد أراها الآن أمامي.

فليبارك الإله بنور ناره المقدسة ملكنا العظيم، وليدمه على عرش ميديا، وليباركككم جميعاً.

محبتي ومحبة الإله مزدا لكم جميعاً.

تحيا ميديا العظيمة.... ويحيا الملك كيخسرو العظيم.

فراورت

لأن قبيلتهم ـ قبيلة الماگ ـ مختصة بأمور الكهانة في ميديا، فقد أراد گوماتا لابنه فراورت أن يكون خليفته في خدمة معبد الإله مزدا. فهو ابنه الوحيد إلى جانب ابنته مينا. منذ سنوات طفولتهما الأولى علمهما الكتابة، والقراءة على الألواح الطينية. وبعد أن تمكنا من ذلك جيداً اصطحبهما إلى مكتبة أكباتانا. هناك حيث آلاف الألواح الطينية المحفوظة بعناية، والتي دونت عليها العلوم والفلسفات. هناك حيث يجتمع المعلمون مع طلبة العلم في غرف متجاورة لتعليمهم النفيس والحديث من العلوم، والهندسة، والطب، وعلم الكلام، والنباتات، والحيوانات، والفلك، وصناعة العربات العسكرية، والمدنية. فإن عربات ميديا التي تجرها الخيول كانت مضرب مثل في المعمورة لقوتها، وجمالها.

كانت العلوم، والصناعات مزدهرة في تلك الحقبة من تاريخ ميديا، لأن الملك كيخسرو خصص للمعلمين عملات ذهبية، وتكفل بجميع مصاريفهم. لقد كان سخياً مع طلبة العلم في مصاريف دراستهم. وقد خصَّ المتفوقين منهم

بمكافآت، وجوائز، ووظائف عالية، لذلك أصبحت اكباتانا منبراً تجارياً، وعلمياً.

لم يكتفِ گوماتا بالاعتناء الفكري بفراورت وأخته، بل علمهم الفروسية، والقتال بالسيف، والرمح، والرماية. كانت براعة فراورت ملحوظة في القتال، والمبارزة، والفروسية. كأنه كان قد خُلق ليكون فارساً. إلا أن گوماتا لم يكن يريد لابنه مستقبل فارس رغم بصيرته بروحه القتالية. فهو الذي يعرف جيداً ما معنى هذا المصير في ميديا.

أن تكون فارساً، أو محارباً في ميديا يعني أن تقضي كل نهارك في التدريب، وأن تخوض المعارك دون كلل، أو ملل، وأن تكون مستعداً في كل لحظة لتودع هذا العالم.

على العشاء وبينما كانت جميع العائلة مجتمعة خاطب گوماتا ابنه:

- يا بني تمنيت دائماً أن تكون شعاعاً من نور مزدا ينير الطريق لشعب ميديا، ولشعوب الأرض. تنشر الكلمة الطيبة، والفكر الصالح، والعمل الصالح بين الناس عن طريق الخدمة في معبد مزدا العظيم. فهل أنت واثق من اختيارك؟

فنظر إليه فراورت بعيون مليئة بالإصرار، وأجاب:

- وحق مزدا يا أبي إنني أشعر أن الإله مزدا ينير روحي عندما أركب حصاني، وأقاتل بسيفي. إنَّ الإله مزدا يحميني بنوره، وهذا لأنك تدعو لي دائما في معبد النار. يا أبتي! إن الإله مزدا بنفسه من زرع في قلبي هذه الرغبة الكبيرة في أن أصبح فارساً.

- طالما أن نور الإله مزدا في قلبك يا بني فإنه سيحميك، وسيحول كل النيران حولك إلى برد وسلام. ليس ما أقوله نابعاً من الخوف

فكل ما يحدث هو بمشيئة الإله مزدا. لكن أريدك أن تكون واثقاً من اختيارك. فتعساء هذه الأرض هم الذين لا يعرفون ما يريدون تماماً!

- فليطمئن قلبك يا والدي العزيز فهذه هي رغبتي، وسأستمر في هذا الطريق حتى النهاية.

فتنهدت والدته ماندانا بعد أن رأت عزيمة ابنها وقالت:

- إذا كانت هذه حقاً رغبتك النابعة من داخلك فلن نقف في طريقها أبداً. لأن من لا يحققون رغباتهم النابعة من أعماق قلوبهم يعيشون حياتهم أمواتاً. نحن نريدك أن تكون مشرقاً بالحياة حتى في أحلك الظروف، وأقسى المعارك.

لقد كانت والدته ماندانا قد زرعت فيه منذ صغره أن كل ما يرغب به بشدة سيكون له، حتى لو عارضه جميع الناس. لذلك كان فراورت واثقاً أن ما يريده سوف يتحقق. كان فراورت ينهمك تماماً في التدريبات القتالية، وكانت متعته الحقيقية تكمن في امتطاء حصانه الأبيض الرشيق.

إن إخلاصه واجتهاده في التدريب جعلاه متفوقاً على أقرانه.

حين كان في التاسعة عشرة من عمره ازداد طوله، وقسى جسمه. أصبحت عضلات ذراعيه وساقيه ضخمة وبارزة، كما ازداد اتساع صدره، وطال شعره الذهبي ليغطي كتفيه. كان فأسه، وسيفه، وترسه بالإضافة إلى فرسه البيضاء الميدية مرافقيه الدائمين. وبعد أن خاض أولى معاركه ضد جيرانه الليديين، وتفوّقَ في القتال، أصبح من فرسان القصر بقرار ملكي. هذا الشرف يتمناه كل المحاربين في ميديا. ولكن همة فراورت القوية، وطموحه العظيم جعله مشرقاً في وسط فرسان القصر.

وقد أعجب الملك بإخلاصه، وقدراته القتالية الرهيبة، وأشاد بها متمنياً أن يكون كل محارب في جيش ميديا على قدر براعة فراورت. فسلمه مهمة الإشراف على تدريب المحاربين في الإمبراطورية. دون أية توصية، أو تدخل من قِبل والده گوماتا حصل فراورت على هذا الشرف. والده كان يقول له دائماً:

- يا ولدي لا تذل نفسك بسؤال الناس. كلما تريده، أطلبه من كل
  قلبك من الإله مزدا وهو سيحققه لك.

أما نقطة التحول الكبرى في حياة فراورت كانت مع تلك الكلمات السحرية التي سمعها مرة من والده عندما كانوا جميعاً في المعبد. كان ذلك في يوم الأربعاء المقدس أمام مجمرة النار. حينها سأل فراورت والده:

- أبتاه ماذا تقول النجوم عن مصيري؟

فنظر إليه گوماتا في عينيه مباشرة بنظرة لن ينساها أبداً، وأجاب:

- يا بني النجوم تصنع مصير من لا يؤمنون بأمنياتهم. أما الذين
  يؤمنون بها فإن الإله مزدا يعيد رسم مصيرهم وفق رغبتهم. فإذا
  أردت شيئاً فأخبر بذلك ذرات النور حولك، فهي كفيلة بحملها إلى
  الإله مزدا لتحقيقها.

إن كلمات والده لامست قلبه بقوة، وجعلت جسده يرتعش. كأنه كانت ولادة جديدة. في تلك اللحظة الحاسمة، رأى فراورت نفسه فارسَ ميديا العظيم.

التحالف

رافق فراورت وأخته مينا الأميرة أميد ابنة الملك كيخسرو في موكب زفافها العظيم إلى أمير بابل نبوخذ نصر.

إن علاقة المصاهرة العظيمة بين ملكي ميديا، وبابل كانت لزيادة التحالف بينهما بعد أن كسب كيخسرو ود مملكة عيلام، ومملكة أورارتو المجاورتين حيث قام بتخصيص حصة دائمة لهما من الزيت الميدي.

فأدرك ملك بابل نابوبو لاسر قوة ميديا الجديدة بقيادة ملكها، وحكمائها. فطلب يد أميرتها لابنه الشاب نبوخذ نصر. وقد وافق الملك كيخسرو على هذه الفرصة الثمينة.

وعندما استشار ابنته أميد في ذلك، تذكرت الأميرة أميد الزيارة الملكية للأمير مع والده قبل سنة إلى الأكباتانا، حيث شاهدت الشاب الوسيم نبوخذ نصر ولي العهد لمملكة بابل. كان واثقاً من نفسه، وكانت عيناه تلمعان إصراراً وقوة.

كانت ابتسامته الساحرة، وكلماته الرقيقة قد رافقت الأميرة أميد في كثير من أحلامها. فعندما كانوا مجتمعين في قصر والدها على الغداء، وقد ابدى الأمير اعجابه الشديد بجمال الطبيعة في ميديا وسحرها، بهوائها العليل، وأنهارها الغزيرة وقال:

- يبدو أن ألهكم قد وضع كل اهتمامه بميديا فلم يبخل عليها بأي من عناصره الطبيعية من النار، والماء، والهواء، والتراب. بعكس إلهنا الذي منحنا القليل من اهتمامه في بابل. فضحك الجميع من إطراء الأمير، وخاصة أن الجميع يعرف مدى جمال الطبيعة في ميديا مقارنة ببابل الشبه صحراوية. ولكن طبيعة بابل لم تمنعها في أن تكون من أثرى ممالك الأرض لحسن تدبير ملكها، وحكمائه.

فوافقت الأميرة على عرض الزواج، فهي لن ترى أفضل من الأمير نبوخذ نصر زوجاً لها.

أما مينا فكانت تقوم بتسلية، ورعاية الأميرة أميد. تلك الأميرة الرقيقة المشرقة صاحبة الطول الفارع، والجسم الرشيق. وزاد من جمالها ملابسها الملكية الحريرية الفاخرة، والمجوهرات التي تزين بها رقبتها، وذراعيها. بالإضافة الى تعلمها القواعد وآداب التصرف الملكية الصارمة في قصر أبيها حيث تلقت التعليم في كيفية حديثها، وسيرها، وآداب الطعام باشراف معلمين، ومعلمات مختصات. وقد كانت السيدة ماندانا معلمتها الخاصة هي من علمتها طريقة الاهتمام بأفكارها، والاسلوب الصحيح للحياة، ومواجهة التحديات.

وكان من أحب هوايات الأميرة أميد هي الخروج مع مينا وصديقاتها في الربيع برحلات جماعية بالعربات الميدية الى جبال ميديا الخضراء. وقد أصبحت مينا فيما بعد الصديقة المقربة إلى قلبها.

وفي الطريق الشاق إلى مملكة بابل تساءلت الأميرة أميد:

- هل تظنين يا صديقتي العزيزة أنني سأمتلك قلب نبوخذ نصر وسأكون ملكة بابل يوماً؟

فأجابت مينا:

- ومن غيرك يا أميرتي يستحق ذلك؟ فأنت أجمل أميرة على هذه الأرض. أنت ابنة ملك عظيم لمملكة ثرية، وسيدة الأخلاق، والعفة. وحق الإله مزدا أن ذلك الأمير سيكون محبوباً من الإله إن فاز بك كزوجة. فأنت ستنيرين له حياته كما ينير الإله مزدا بنوره الصباح كل يوم.

- ولكني سأشتاق الى ميديا كثيراً، وخاصة جبالها الجميلة، وهوائها المنعش، وسأشتاق إليك بالتأكيد يا صديقتي الغالية.

فابتسمت مينا وقالت:

- وحق الإله مزدا سوف تجدين في قصر الأمير نبوخذ نصر من الرعاية، والاهتمام ما سوف يخفف عنك ألم الاشتياق الى الوطن. كما أنه سيكون بإمكانك زيارة ميديا متى تشائين.

فاطمأنت الأميرة أميد لقول صديقتها مينا التي تستمد جذورها من والدها الماگوس گوماتا، ووالدتها الفيلسوفة ماندانا. كانت كلماتها كالنور الذي أنار ظلام مخاوفها من المستقبل. فاحتضنت الأميرة أميد صديقتها مينا كما لو أنها كانت تحضن حياتها القادمة.

أما فراورت فكان مكلفاً بحماية الأميرة مع فرسانه، وإيصالها بأمان إلى بابل. وهي دون شك مهمة خطيرة، ومهمة محاطة بسرية تامة حتى لا يعترض موكبَ الأميرة أعداءُ المملكتين. لذلك كان فراورت يكثرُ الجولات الليلية على الحرس ليتأكد بنفسه أن الوضع آمن.

لم تكن مهمة سهلة في موكب عظيم من فرسان، ومحاربين، وعبيد، وخيول، وجمال محملة بالأحجار الكريمة، وكل تلك النفائس المحملة كهدايا لملك بابل، وأميرها.

فراورت كان مشبعاً بطاقة الايمان التي استمدها من كلمات والده گوماتا قبل مغادرته. فقد اجتمع مع فراورت ومينا وقال لهما:

- اعلما دائماً أنكما محميان جيداً ببركات إلهنا مزدا إله النور، والقوة. أنتما محميان في كل الظروف، ومهما اشتد ظلام الليل الحالك، وعويل رياح الصحراء. فطالما أن قلبيكما مليئان بالإيمان بمحبته فلن يمسكما أي شر. وستتمكنان من تجاوز الصعاب العظيمة حتى إذا اعترضت طريقكما. فكل مكان يدخله نور الإله مزدا يشع من خلاله الحياة. ولا يبقى فيه أي أثر للظلام، والشر. فاشعلا النيران المقدسة في كل مكان تبيتان فيه. فإن نورها سيجعل ليلكما نهاراً، وسيدفع عنكما كل أذية، حتى مطلع نور الشمس المجسّد لروح الإله مزدا. تذكرا دائماً أنكما تجسيد للإله مزدا بهيئتكما الأرضية. فهو قد وضع فيكما نوره. لذلك تستطيعان فعل ما يفعله عندما تدركان النور الذي في داخلكما. لذلك كونا دائماً مستيقظين، ومدركين لتلك القوة التي في داخلكم، ولا تدعا الخوف يساوركما أبداً.

ثم تابع گوماتا قائلاً:

- خذي يا ابنتي هذه القلادة من الفيروز! وخذ يا بني هذه القلادة من العقيق! ارتدياهما. فهاتان القلادتان تحملان بركات إلهنا. فأنني قرأت عليهما الصلوات في معبد النور أمام النار المقدسة. وقد

تمنيت أن تذكركما بكل ما قلته لكما. اعلما جيداً أن المهمة التي أوكلت إليكما من الملك هي مهمة عظيمة. فقد ائتمنكما على فلذة كبده. لذلك كونا مخلصين في ايصال الأمانة لأصحابها. وأنا واثق تماماً أنكما ستنجزان المهمة. فليباركما نور الإله مزدا ولتعودا بسلام لنا، لنكحل عيوننا برؤيتكم من جديد.

وكان كلما لمس مينا وفرارت قلادتيهما تذكرا قول والدهما، وازدادا قوة في أصعب المواقف.

أمام أسوار بابل العالية كان في استقبالهم موكب عظيم. وأقيمت الاحتفالات، والأفراح في كل مكان في بابل مدة سبعة أيام. وأصدر الملك عفواً عاما عن جميع المحكومين، ووزعت اللحوم بوفرة على السكان شكراً للإله البابلي سين في هذا اليوم العظيم.

وكم كانت فرحة فراورت كبيرة عندما لمح صديقه الأشوري سرگون في الموكب الأشوري. فذهب بسرعة وضمه بين ذراعيه، وبادله صديقه بالأحضان والفرحة وقال سرگون:

- وحق الاله أشور كنت واثقاً أنك ستأتي. فالملك لن يجد من يأتمنه على حياة ابنته أكثر منك يا صديقي فراورت.

فأجاب فراورت:

- ولكن وحق الإله مزدا لم أكن أتوقع رؤيتك هنا صديقي سرگون. إنها لحقاً مفاجأة رائعة لي.

- كنت أرغب لقاءك مجدداً منذ السنة الماضية عندما زرتنا في نينوى مع والدتك، وأختك. فأنت بحق صديق رائع نبيل. أنت رجل تملؤه نور الآلهة. فلتباركك آلهة أشور وميديا وبابل.

- صديقي سرگون منذ أن التقيت بك في أكباتانا أول مرة منذ ثلاث سنوات وأنا اعتبرك أخي. أنت مليء بحكمة الآلهة، ونورها. وعلاوة على ذلك أنت فارس لا يعلى عليك. والفترة التي قضيتها معك في أكباتانا، وفي نينوى كانت من أجمل فترات حياتي. خاصة عندما تعرفت على والدك أمين مكتبة نينوى. إنه العالم الذي يشبه البحر بعلمه الواسع.

- شكراً لك صديقي! ولكن هل مينا قد رافقت الأميرة أيضًا؟ فهي كما أعرف صديقتها المقربة. وهي خير من ترافقها في هذه المناسبة.

فرد فراورت بابتسامة:

- آه منك أيها الماكر! بالطبع هي هنا وستلتقي بها. ولكن مينا منشغلة بالأميرة الآن. دعنا يا صديقي نحن أيضاً نجهز أنفسنا لهذه الليلة. سنحتفل ونفرح معاً تحت ضوء الإله البابلي سين. فأنا حقاً احتاج الى المرح بعد هذه الأيام المجهدة التي قضيتها في حراسة موكب الأميرة.

كان فراورت يشعر بلهفة قلبَي مينا وسرگون، وخاصة في زيارتهم الأخيرة إلى نينوى، حيث فاض قلباهما بالمشاعر وفضحتهما العيون.

فصاح سرگون بفرح:

- نعم يا صديقي تحتاج أن ترتاح بعد عناء السفر. وسنلتقي عند المساء لنحتفل حتى الصباح.

الوليمة

وصلت الأنباء إلى الملك بأن فرساناً من السكيثيين قد قطعوا الطريق على قافلة ميدية، ونهبوا جميع حمولتها. فدعا فوراً لاجتماع مع مجلس الحكماء السبعة طلباً لمشورتهم. كان السكيثيون حلفاء أقوياء للأشوريين نتيجة لصلة المصاهرة بين الدولتين. فمن العرف السائد أن يتم الزواج بين أبناء، وبنات الملوك. فيكونوا حلفاء لتأمن الممالك. ونتيجة لهذا العرف تزوج ملك السكيثيين "ماديا" من ابنة الملك الأشوري أشور بانيبال. فأصبح السكيثيون كخنجر أشوري في خاصرة الميديين. وخاصة بعد مقتل الملك خشتريت والد الملك كيخسرو، وإطلاق أيديهم في ميديا للتمتع بخيراتها، كما أهان شعبها بفرض الجزية عليه.

ونتيجة لنمو، وتطور ميديا السريع أراد الملك كيخسرو الثأر لوالده، وكسر شوكتهم، والقضاء على الحليف القوي للإمبراطورية الأشورية مهما كلف الأمر. فلا ثمن يعادل الحرية. طلب الملك اجتماع مجلس الحكماء بسرية تامة ليستمع لآرائهم. وكان من عادة المجلس أخذ القرار بالأكثرية. وانتهى الاجتماع بخطة اقترحها هارباك حكيم قبيلة آريزانتي التي حظيت بموافقة بقية الحكماء ما عدا غوماتا الذي تحفظ عليها.

أرسل الملك كيسخرو هدايا من الذهب، والمجوهرات النفيسة إلى ملك السكيثيين "ماديا" راجياً منه، ومن جميع كبار رجال المملكة قبول دعوته إلى وليمة كبرى. وليمة يقيمها على شرف الملك "ماديا" ليعلن فيها الملك كيسخرو الولاء والطاعة له. وهذا يوافق تطلعات الملك "ماديا"، ورغبته في أن يُنظر إليه كإمبراطور يهابه الملوك المجاورون، وأن يكونوا خاضعين له. فهو حليف لأقوى امبراطورية، وعلى الجميع تقديم الولاء له. فقبل الملك "ماديا" الهدايا، كما وقبل الدعوة.

وفي يوم الوليمة الكبرى قدم الملك "ماديا" بمرافقة كبار رجال دولته، ومعه فرقة من الجنود للحراسة. استقبله الملك كيسخرو مع قادته العسكريين، ومجلس الحكماء، وفرقة الطبول، والأبواق. وكانت رائحة لحوم الأبقار المشوية تفوح لمسافات طويلة. دخان الشواء بدى ظاهراً في سماء مدينة أكباتانا حيث أمر الملك بذبح، وشيّ مئتي بقرة، وإحضار أفضل النبيذ، والخمر من أجود عنب ميديا.

بعد أن وجد الملك "ماديا"، ورجاله حسن الاستقبال في ميديا، وتذوقوا طعم الأبقار المشوية، وملئوا بطونهم بما لذ وطاب من الفواكه ارتاحوا، واطمئنوا للملك الميدي، وجنوده.

حتى فرقة الحراسة وضعت اسلحتها جانباً، وشاركت في الوليمة بكل سرور. ودار النبيذ اللذيذ مع غناء، ورقص جاريات القصر في رؤوسهم حتى ثملوا. في تلك اللحظة انقضّ فرسان القصر الملكي الميدي بقيادة فراورت على الملك "ماديا"، ورجاله. وأثخنوا فيهم السيوف حتى لم يتركوا أحداً منهم حياً. وبذلك تمت الخطة بجبل ضخم من أشلاء الملك، والقادة والفرسان السكيثيين.

لم يكن گوماتا راضٍ على خطةِ القتل، وإنما كان يريد أسرهم. إلا أن بقية الحكماء رأى أن ذلك سوف يجلب لميديا الكثير من المشاكل. فاتفقوا على القضاء عليهم. فوافق گوماتا مع تحفظ على النتيجة، وخاصة بعد تدخل الملك، ورغبته الشديدة في ذلك وقال مخاطباً گوماتا:

- إنها الحرب يا گوماتا. هم كانوا البادئين في ظلمنا. قد شاركوا في قتل والدي، والكثير من خيرة محاربينا. ونحن لسنا قتلة، ولكننا سوف ننتقم من المجرمين.

وأكثر ما آلم گوماتا أن ابنه فراورت شارك في تنفيذ هذه الخطة. فالتنفيذ ملزم بعد موافقة الملك، ومجلس الحكماء. كان الامتناع عن تنفيذ الخطة يعتبر خيانة بحسب قوانين ميديا. وفراورت لم يكن ليرفض للملك أمراً. فولائه للملك لا حدود له.

وحتى يحافظ گوماتا على تدفق الخير من الإله مزدا نحو ميديا، وشعبها اقترح على الملك أن يقيم موائد الطعام في جميع معابد مزدا في ميديا مدة شهر كامل. كما أمر ابنه فراورت بتحضير وليمة في وسط المدينة، ويدعو إليها جميع قوافل طريق الحرير من تجارهم، وعبيدهم، وجميع المارين من أكباتانا.

التعويذة

تشرق نور الشمس على ميديا في كل صباح فتمتلئ مدنها، وقراها بحركة الناس المنصرفين إلى أعمالهم، خاصة المحاربون.

منذ توليه الحكم في ميديا كان هدف الملك كيخسرو بناء جيش قوي يضاهي جيوش الممالك الأخرى، خاصة جيش الأشوريين المعروفين بقساوتهم، وخبرتهم العسكرية الكبيرة. هو جيش لم يعرف الشفقة، والرحمة في حروبه. فرهبته مبنية على زرع الخوف في قلوب الجيوش الأخرى من خلال القسوة في غزو المدن، وسبي نسائها، وأطفالها الذين تتم تربيتهم في معسكرات مغلقة كمحاربين للمستقبل. في هذه المعسكرات كان يتم التخلص من الضعفاء منهم، والاحتفاظ بالأقوياء فقط.

عندما كانوا يربحون الحرب يقومون بقتل معظم رجال المدن التي يضموها إلى امبراطوريتهم. أما الحرفيون فيؤخذون كعبيد، ويسلخون جلود الملوك الأسرى، وينشروها على أسوار نينوى. أما مصير ثروة البلاد فهي النهب حيث يخصص معظمها لخزينة المملكة التي يحكمها الملك، ويوزع الباقي كحصص على المحاربين كلٌ حسب رتبته.

لذلك كان الملك كيخسرو يراقب بناء الجيش الميدي خطوة بخطوة، ويقوم بالاطلاع على التقارير التي تصله من القادة العسكريين من جميع أنحاء ميديا عن طريق قائد القوات فراورت. كان الملك يجتمع بالقائد فراورت شهرياً ومع مجلس الحكماء الذي يضم ناحوم اليهودي مستشار المال، وسابور الفارسي مستشار الطب، ومازاري مستشار العلم، وهارباك مستشار الجيش، وماداخ مستشار الطعام والزراعة والحيوان، وساداك مستشار التجارة، وگوماتا كبير كهنة ميديا والمستشار الروحي.

كان الهدف من الاجتماع هو تطوير القدرات العسكرية، وتحسينها. لذا كان هذا الاجتماع من أهم الاجتماعات التي يوليها الملك اهتمامه. كان يراقب بصرامة تنفيذ الإجراءات التي يتخذها المجلس.

كان الهدف الذي يركز عليه الملك هو تحرير المحاربين من الخوف، وبناء ثقتهم بأنفسهم. لذلك كان يأخذ برأي مستشاريه السبعة من جميع الجوانب. وساهمت جميع القرارات التي اتخذها المجلس سابقاً في تطوير الجيش خلال فترة قياسية، من مثل تقسيمه حسب الاختصاصات، وفتح باب التطوع للمحاربين عن طريق تقديم مغريات مادية، ونفسية، حتى حاز المحارب الميدي تقدير، واحترام الشعب.

أصبح الانتماء للجيش حلم جميع شباب ميديا. كما كان المجلس قد وافق على اقتراح حكيمه الفارسي سابور بفتح باب التطوع للفتيات للعمل كممرضات، ومسعفات، وطباخات في الجيش.

كان تدريب المحاربين صارماً يستمر طوال اليوم. وبالمقابل كان المحارب يحصل على كل شيء يحتاجه. لذلك تقلصت الشكاوى بشكل كبير في الجيش. وخاصة أن الملك ترك باب الشكاوى مفتوحاً لجميع المحاربين. وبذلك

تخلص المحارب العادي من الشعور بالظلم. بينما كان الشعور بالظلم شائعاً بين المحاربين في الجيوش الأخرى.

وقد ركز الملك على البناء الجسدي للمحارب من خلال التدريبات القاسية والتدريب الكامل والاستعداد لجميع الاحتمالات في الحرب التي اقترحها الحكيم هارباك. فتمتع المحارب الميدي بالسرعة في الحركة، والانقضاض السريع.

كما حرص الملك على الحصول على أفضل الاسلحة من السيوف، والرماح، والسهام، واللباس، والخيول، والعربات لجيشه. أما البناء النفسي للمحاربين فحرص على تقوية نفوس المحاربين. فلا خير في محارب لديه جسد أسد، وروح فأر. فأخذ باقتراح مستشاره گوماتا بأن يردد جميع المحاربين تعويذة ميديا مرتين في اليوم؛ مرة في الصباح قبل بداية التدريبات، ومرة في المساء عند الانتهاء من التدريبات، كي تتشبع روح جميع المحاربين كما أجسامهم بالشجاعة، والقوة.

وتنص تعويذة محاربي ميديا:

أنا المحارب الميدي الشجاع.

ولدت حراً بنور الإله وسأبقى حراً بحماية الإله.

سأحارب بكل قوتي جميع من يقف في طريق الحياة الحرة لأطفالي، لعائلتي، لأهلي، ولجميع شعب ميديا.

عاشت ميديا حرة!

عاش الملك كيخسرو العظيم!

الحرية

كان هناك صقر كبير يحوم في السماء فوق قصر الملك كيخسرو عندما صرخ الملك بصوت غاضب:

- أبلغوا ساراك عني أن ميديا لن تدفع الجزية لأشور بعد اليوم، ولن تكون أبداً تابعة لها!

كان رد الملك كيخسرو حازماً على مندوب مملكة أشور ساراك، عندما قدم المندوب إليه لتحصيل الجزية السنوية من ميديا. تلك الجزية التي كانت قد تحولت في السنوات الأخيرة من المال إلى مقابلها من الخيول الميدية القوية التي كان الجيش الأشوري يحتاجها معاركه مع الممالك الأخرى. فمملكة أشور هي سيدة ممالك الأرض، وكانت سيطرتها تمتد على ممالك كثيرة. كما استطاعت إخضاع شعوب كثيرة تحت سيطرتها.

وحسب مصالحها الاقتصادية كانت أحياناً بعض الممالك المجاورة تحكم شعوبها مقابل دفع جزية سنوية لمملكة أشور كرمز لخضوعها، وتبعيتها.

إن أكثر الممالك التي عانت من ذلك كانت مملكتا بابل، وميديا. حيث كان الملك حاكماً بموافقة الملك الأشوري مقابل دفع جزية سنوية، وتقديم الولاء لملك مملكة أشور.

كان الملك كيخسرو أكثر من يعرف ملوك أشور. فملوك أشور هم اللذين أسروا جده دياكو، وقتلوا والده خشتريت بالاشتراك مع السكيثيين إثر غزو ميديا مرات عديدة، وسلب الثروات، وإحراق البيوت. مما جعل الملك كيخسرو يضطر أن يعقد معهم اتفاقيات يعلن التبعية لهم. إلا أن حلم التحرر الميدي لم يغادره قط. كان يراوده هذا الحلم كما راود جدّه ووالده من قبل. فبذل الجهود العظيمة لبناء مملكة قوية من الداخل، والخارج. فأسس مجلس الحكماء السبعة كمستشارين أقوياء في جميع مجالات الحياة التي تخص جميع مكونات الشعب الميدي، لأنه كان يؤمن جيداً أن عقولاً متعددة أفضل من عقل واحد. كما وحد القبائل الميدية، ووحّد المكونات الأخرى تحت راية واحدة. حتى قراره في عدم إعطاء الجزية جاء نتيجة مشاورات مع مجلس الحكماء. بعد أن كان قد تخلص من الملك ماديا السكيثي وقادته. وهو يعرف أن مملكة أشور لن تسكت على ذلك.

كان المجلس قد أبلغه الموافقة على رأيه. فقد رأى جميع مستشاري مجلسه أن الوقت قد حان لتحرر ميديا من سلطة أشور. خاصة أن ميديا قد نمت، وازدهرت في جميع المجالات، وذاع صيتها كمملكة غنية، وأصبحت منبراً للعلم، والفلسفة.

وكان الحكيم اليهود ناحوم أشد المدافعين عن قرار الملك. كان الحكيم اليهودي ناحوم قد ولد في ميديا بعد أن أسر الأشوريون والداه الحرفيين البارعين في صناعة الأواني النحاسية في غزو مملكة يهوذا في الغرب. وبعد سنوات من الأسر، والعمل الشاق قام والداها بشراء حريتهما بدفع ما جمعاه من الأموال لمالكهما. وانتقلا إلى أكباتانا ـ كما العديد من اليهود ـ للعمل في تجارة الأواني النحاسية. حيث وجدا في ميديا حرية دينية، وقوانين

تضمن لهم حقوقهم في الحياة الكريمة. فدفعا أبناءهم لممارسة المهن التجارية. وفي أكباتانا أنجبا ابنهما ناحوم. وقد شجعوه على التعلم لما رأوا الاهتمام، والتشجيع الجزيل للملك في أمر التعليم.

وقد برز ناحوم في التعلم، وألف العديد من الألواح الطينية في كيفية التعامل مع المال. حيث لاحظ أن جمع المال، والثراء هو علم كما كل العلوم الأخرى. ويقوم على وضع خطط ذكية ونهج أسلوب للتعامل العقلاني مع المال لإنمائه وزيادته. ووضع ناحوم كل ما تعلمه من قوانين المال قيد التطبيق العملي. ولما ازدهرت أعماله التجارية، وأصبح من أثرياء ميديا في عهد الملك كيخسرو، اختاره الملك كمستشار للمال في مجلس الحكماء، ليقوم بتعليم الشعب الميدي النظريات المتعلقة بالمال. فكثر تلاميذه في أنحاء ميديا وبدأوا ينشرون تعاليمه، حتى غدا معظم الشعب الميدي محترفاً في التعامل مع المال، والأعمال.

لكن ناحوم رغم كل ثرائه لم ينسَ معاناة والديه في الأسر الأشوري، وما عاناه شعبه من قتل، وتنكيل عند غزو الأشوريين لبلاده الآمنة. فكان من أكثر المستشارين تحمساً للتحرر من أشور، وفرحاً بإهانة مندوبها من قبل الملك كيخسرو.

وبعد انصراف الوفد الأشوري كان الملك كيخسرو واثقاً من أن الخطوة التالية هي الهجوم، وإلا فإن ميديا لن تبقى لها قائمة، وسيكون مصيره كمصير جده، ووالده. فوافق المجلس بالإجماع على هذه الخطوة، ورأوا ألا مفر منها. فطلب من كل مستشار أن يدلي برأيه، كل في مجاله، عن مدى استعداد ميديا للحرب.

وقد أكد الحكيم ناحوم جاهزية ميديا المالية لمواجهة الحرب حتى إذا امتدت لسنوات طويلة. أما الحكيم سابور أكد أن لميديا جيش من الأطباء، والممرضات، والمسعفات، وأن المواد الطبية تكفيها لسنوات عديدة. أما الحكيم هارباك أكد أن الجيش الميدي بجميع اختصاصاته على أهبة الاستعداد لمواجهة أشد الأعداء فتكاً، حتى لو كان الجيش الأشوري نفسه. أما الحكيم مازاري رأى أن ميديا متمكنة من العلوم العسكرية. وجميع علمائها في أهبة الاستعداد لخوض هذه الحرب من أجل الحرية. والحكيم ماداخ أكد أن مؤونة ميديا من الحبوب، والبقوليات تكفيها لسنوات عجاف، خاصة أن لديها أراض زراعية خصبة، وأشجار مثمرة، وأعداد هائلة من الابقار، والأغنام.

الحكيم ساداك صرّح أن موقع ميديا التجاري على طريق الحرير مع وجود الزيت الميدي لن يتأثر بالحرب. فجميع الممالك تمر طرق تجارتها من ميديا. أما الحكيم گوماتا والذي كان الملك متشوقا لسماع رأيه لارتباطه الوثيق مع الإله مزدا فقد قال:

- سيدي الملك العظيم! جميع حركات النجوم تشير إلى لمعان نجم ميديا. وقد حان وقت شروق شمس ميديا؛ رمز نور الإله مزدا على العالم. فليست هناك قوة في هذا العالم تستطيع إيقاف رغبة قوية نابعة من إرادة الأرض والسماء، لشعب تواق إلى الحرية.

فقال الملك:

- إذاً استعدوا للهجوم على نينوى.

الحرب

كان قلب مينا الصغير يخفق بقوة عندما علمت أن الجيش الميدي متجه إلى نينوى بمرافقة والدها الحكيم الروحي گوماتا، وأخيها فراورت القائد العام للقوات. كانت قلقة بشأن حبيبها سرگون. فقد كانت مصيبتها مضاعفة. فأهلها وحبيبها خصمان في معركة وجود. ولكن فراورت خفف مخاوفها، ووعدها بأن يحافظ على حياة سرگون مهما كلّفه ذلك، كما كان متأكداً أن سرگون لن يقوم بإيذائه.

لقد تعاهد سرگون ومينا على الزواج في بابل عندما كانت بابل تحتفل بعقد قران الأمير نبوخذ نصر من الأميرة أميد. حيث قضيا معاً سبعة أيام بلياليها. وفي إحدى تلك الليالي المقمرة، وعلى حافة نافورة المياه المتدفقة بعذوبة، وإذ كانت نسمات الهواء العليلة تداعب خصلات شعر مينا، وترفرف على وجهها الملائكي، صارحها سرگون بعشقه لها وقال بعد أن أمسك بيدها، ناظراً في عينيها المتلألئتين:

- إذا كانت لدي أمنية في هذا العالم فهي أنت يا حبيبتي مينا. يشهد الإله أشور أن قلبي الصغير لا يتحمل كل هذا العشق الذي أكنه لك. وسعادتي في حياتي القادمة مرهونة بموافقتك على أن تكوني زوجة لي وفرحاً لقلبي. فهل تقبلين بي زوجاً وحبيباً؟

مينا لم تملك نفسها أمام كل تلك الأجواء المفعمة بالعشق، وقامت باحتضان سرگون بفرح والدموع تترقرق من عينيها قائلة:

- نعم يا حبيبي سرگون أقبل!

وها هي الأحداث قد تسارعت، وها هي الحرب قد دُقت طبولها، وفي الحروب جميع الاحتمالات مفتوحة. رغم ذلك كانت مينا واثقة من وعد أخيها لها. فهي تعرف فراورت جيداً إن وعد وفى.

وكان الملك كيخسرو طلب أن يرافقه الحكماء ناحوم، وسابور، وهارپاك، وگوماتا، بينما ترك الحكماء مازاري، وماداخ، وساداك لادارة المملكة، وشؤون الناس إلى حين عودتهم. كما قام بإرسال رسالة الى الملك البابلي نابوپولاسو دعاه فيها إلى تجهيز جيش، والالتقاء معه أمام اسوار نينوى.

لم يمض وقت طويل حتى اقتحم الجيش الميدي المدينة الدينية للإله أشور. لقد كان غزوها مفاجئاً للملك الأشوري ساراك، الذي لم يكن يتصور أن يبادر الملك الميدي بهذه الخطوة. خاصة أن الامبراطورية الأشورية كانت تسيطر على العالم، وتبث الخوف في قلوب جميع ملوك الأرض. إلا أن عنصر المفاجئة، والسرعة كان لصالح الجيش الميدي حيث ضرب بالمنجنيق أسوار أشور، وتمكنوا من دخول المدينة بعد أن دارت رحى السيوف في الحرس، والجنود.

وقد تم أسر كهنة أشور، وتم تنصيب أحد قادة الجيش كحاكم للمدينة.

وقد أشار الحكماء على الملك كيخسرو أن يقوم بمواصلة الزحف فوراً نحو نينوى عاصمة أشور واستغلال فورة النصر التي يعيشها الجيش الميدي، والثقة التي اكتسبها من نصره الساحق في أشور.

فوقف الحكيم هارباك مستشار الجيش على برج سور المدينة، وخاطب الجيش الميدي:

- هذه هي مدينة أشور العاصمة الدينية لمملكة أشور قد أصبحت تحت أقدامكم يا أبطال ميديا. أنتم تقتربون من مجدكم العظيم في صناعة مستقبل أفضل لأطفالكم. مستقبل خالٍ من الخوف، ومشرقٌ بطعم الحرية. بوركتم! عاشت ميديا العظيمة! وعاش الملك كيخسرو!

كان هارباك من أعظم المحاربين التي أنجبتهم ميديا. ولد وترعرع في ميديا لأبوين من قبيلة أريزانتي الميدية بين العديد من الأخوة، والأخوات. ولأن والده كان مولعاً بالقتال، فقد كان مصارعاً عنيداً وسيافاً ماهراً، فقد درب أبنائه على المصارعة والقتال.

وكان هارباك منذ صغره ذو بنية جسدية قوية. وتغلب على أقرانه في المسابقات التي كانت تقام في ميديا لاختيار المحاربين لتنصيبهم كقادة للجيش. فكان يضرب بيد واحدة خمسة رجال فيوقعهم أرضاً، ويحمل أكبر الأحجار بيديه على رأسه. لذلك كان يتناول وحده خروفاً مشوياً كاملاً عند الغداء.

درس هارباك كما أقرانه في مكتبة أكباتانا، وكانت تستهويه العلوم العسكرية، والقتالية. فأصبح من أفضل قادة الجيش. ولأجل قوته، وحنكته أصبح اليد الضاربة للملك خشتريت. ولكن بعد قتل الملك خشتريت على يد السكيثيين حلفاءالأشوريين ملأ الحزن قلب المحارب هارباك، لأنه لم يستطع انقاذ الملك من براثن أعدائه. وعلى الرغم أنه قتل العديد منهم إلا أن تكالب السكيثيين، وكثرتهم أدى إلى جرحه في ذراعه.

وعندما قُتل الملك انسحب بالباقي من جيش ميديا للحفاظ على حياتهم. وانزوى في إحدى الجبال وحيداً. وما أن تسلم كيخسرو الحكم بحث عنه حتى وجده. وقد ضمّه إلى مجلس الحكماء كمستشار للجيش. وهذا ما أعاد الأمل لحياته، ووعد أمام الملك بأنه سيثأر لدم والده في اللحظة المناسبة. وهذا ما فعله في يوم الوليمة، حيث انقضّى على السكيثيين ونكّل بهم الواحد بعد الآخر. فكان يهجم عليهم كالنمر، ويرمي الرجل منهم كما الدجاجة لترتطم رأسه بالجدران، وتتحطم عظامه.

بعد هذه الحادثة عادت الروح من جديد إلى هارپاك، وأصبح من أشد المنادين بتحرر ميديا من التبعية الأشورية.

وفور نزول هارپاك من السور، امتطى حصانه، والتحق بالملك، ومجلس الحكماء ليقوموا بقيادة الجيش نحو نينوى.

الأماني

في أكباتانا كما في جميع أنحاء ميديا، كانت النسوة لا تكفنّ عن العبادة، والتضرع للإله من أجل نصر الجيش الميدي، وإمداده بالقوة الإلهية.

إن ميديا مجتمع متعدد الديانات كالمزدانيين، والميثرايين، واليهود. كما أن هناك من يتبنون فلسفات خاصة لا تؤمن بالألهة. ولكن الغالبية تؤمن بالإله مزدا، ورمزه النوراني الشمس.

وكان الجميع يمارسون معتقداتهم الدينية بحرية في عصر الملك كيخسرو. فالملك أصدر قوانين صارمة تمنع الإساءة الى معتقدات الآخرين. كما أصدر قوانين تسمح لغير المؤمنين بعقد ندوات، واجتماعات لمناقشة فلسفاتهم، ومعتقداتهم الخاصة. وكان يسمح لتلك الندوات أن تُعقد بشكل دوري في قاعة مكتبة الأكباتانا، وبذلك ازدهرت الفلسفة في ميديا.

في معبد الإله مزدا كانت النساء تقمن بإشعال القناديل الصغيرة، ووضعها تحت تمثال منحوت للإله مزدا بجسم رجل حكيم، وجناحين مزدوجين في صدر المعبد بجانب النار المقدسة المشتعلة. وكانوا يدعون من قلوبهن لتسهيل عودة أبنائهن، وأزواجهن، وبناتهن، سالمين منتصرين.

وكانت هناك مينا مع والدتها ماندانا. كانت مينا تدعو من كل قلبها من أجل عودة أخيها ، ووالدها ، وانتصار الجيش الميدي.

أشـعلت مينا القنديل الصـغير تحت تمثال الإله، ووضـعت قطعة من الفضـة في صندوق العطايا، وأغلقت عينيها، وطلبت أمنيتها بقلب متضرّع. وكانت لديها أمنية إضافية، وهي رؤية حبيبها سرگون مرة أخرى حياً أمام عينيها. لذلك أشـعلت قنديلاً آخراً، ووضـعت قطعة أخرى من الفضـة في صـندوق العطايا، وشــدت على يد والدتها ماندانا، التي كانت تسـتمد منها رغبتها الشـديدة في الحياة. فوالدتها ماندانا فيلسوفة قضت معظم حياتها في التعلم، والبحث عن الحقيقة.

كان والد ماندانا من الأثرياء. وقد بدأ حياته كتاجر مجوهرات بين الممالك. وعندما جمع ثروته كان يدعم بأمواله أصـحاب المشــاريع مقابل نسـبة من الأرباح مقابل صكوك موجبة الدفع لضمان حقه. هكذا ضمن لأولاده حياة مرفهة، وأعطـاهم حرية اختيار مسـتقبلهم. فاختارت ابنته ماندانا مجال التعليم. انكبت مـاندانا على دراسـة الألواح الطينية في المكتبة بمختلف المجالات. وكان يعجبها علم التفكير، وإعمال العقل. وهذا ما جعلها لا تقتنع كثيراً بالمعتقدات الدينية السـائدة، ولا بعبادة الآلهة. بل ركزت على حياة الإنسـان، وطريقة عيشـه. فأنشـأت فلسـفة خاصـة بها هي فلسفة السـعادة، والمتعة.

وتدور فلسفة ماندانا في السعادة حول فكرة أن الحياة هي الطريق. فالإنسان يرغب في الحصـول على أشياء معينة في حياته ليشـعر بالسـعادة. فترتبط سـعادته بالأشياء. ولكن إذا كان الإنسـان في حياته سعيداً أغلب الوقت، فإن الطريق لتحقيق رغباته سـتكون أسـهل، وسـيكون مسـتمتعاً بحياته أثناء الطريق لتحقيقها.

انبهر أثرياء ميديا بفلسفتها، وانكبوا على تعاليمها، وحضروا اجتماعاتها الدورية في المكتبة، وانتشرت تعاليمها بين الممالك. وكان الناس من مختلف بقاع الأرض تحضر ندواتها، وترغب بلقائها.

وكان لقائها الأول مع گوماتا عند كاتب الألواح الطينية. كان ذلك في بداية انطلاقتها للحياة حيث كانت تتردد على كاتب الألواح الطينية لكتابة أفكارها التي تراودها في جلساتها المسائية الهادئة. في ذلك اليوم جاء گوماتا عند كاتب الألواح الطينية لتوصية الكاتب لكتابة دعاء للإله مزدا. فخاطبه كاتب الألواح الطينية قائلاً:

- سيدي الماگ العزيز! أعتذر منك. بين يديّ الآن طلب للسيدة ماندانا. والحق أقول لك ياسيدي أن كلماتها الأرضية تبعث النور في روحي، كما كلماتك السماوية. فتفضل، واجلس بجانب سيدتي العزيزة، وامهلني فقط بعضاً من الوقت كي أنهي ما قد بدأت.

ثم توجه للسيدة ماندانا وقال:

- دعيني يا سيدتي أعرفك على سيدي الماگ گوماتا نائب كبير كهنة ميديا. كلماته الإلهية تنعش الروح، وتنعش القلوب.

فقالت ماندانا:

- على الرحب والسعة ومن لا يعرف السيد گوماتا !

فجلس گوماتا بجانب ماندانا قائلاً:

- طاب يومك يا سيدتي!

فردت ماندانا:

- ويومك أيضاً يا سيدي!

- يبدو أن كلماتك رائعة يا سيدتي حتى تثير كل هذا الاحساس النوراني في كاتب الألواح الطينية.
- ولكنها قد لا تعجبك فأنا استمدها من فكري، وهي ليست كلمات إلهية
- كل كلمة تخدم الناس وتدخل السعادة الى قلوبهم هي إلهية.

فقالت ماندانا بتحدٍ:

- ولكنني يا سيدي لا أؤمن بالإله نفسه فكيف تكون كلماتي صادرة منه؟
- عدم إيمانك به لا يلغيه. لكن الفرق عندما تؤمنين به ستمتلكين القوة لمواجهة كل ضربات هذا العالم. لكن بعدم ايمانك به ستنهارين بعد عدة ضربات منه.
- ها أنا ذا أمامك يا سيدي، وكل ضربة من هذا العالم جعلتني أقوى بدون أي إيمان بوجود إله.
- حياتك لم تنته بعد يا سيدتي. فأنتِ مازلت صغيرة. ولا أحد يعلم ما تخبئه لك الأيام. غداً ومع إشراقة كل صباح يحمل لنا الإله نوره، ورحمته التي يغمرنا بها. فتابعي بحثك يا سيدتي. وعندما تجدين نفسك ستجدين الإله بانتظارك.

وهنا نادى كاتب الألواح ماندانا:

- حسناً يا سيدتي لقد أصبحت ألواحك جاهزة. سيساعدك العامل لدي، ويضعها لك في العربة!

ودعت ماندانا گوماتا، وطلب گوماتا لقائها مرة أخرى. فدعته الى غرفتها في مكتبة الإكباتانا.

تلا ذلك اليوم عدة لقاءات بينهما. فوجدت ماندانا في گوماتا كالمطر الطاهر النازل من السماء. ورأى گوماتا في ماندانا الزهرة الجبلية الجميلة الفواحة. كان زواجهما مفاجئاً للجميع. وقد حافظ كلٌّ منهما على خصوصية الآخر، واحترمها.

انصرف گوماتا لعبادة الإله مزدا حسب إرث قبيلته، ونشر الإيمان بين الناس بتعاليمه. حتى أصبح گوماتا كبير كهنة ميديا للإله مزدا. كما أنه تبحّر في علم الفلك، وتفسير الأحلام، وكان ذا قدرة شفائية هائلة للكثير من الأمراض التي منبعها النفس. استفاد گوماتا من علم زوجته ماندانا في أهمية توجيه العقل للرغبات حتى تحقيقها.

أما ماندانا فانصرفت لتعليم الناس طريقة العيش بسعادة، وكيفية التصرف في حياتهم لأجل السيطرة على أفكارهم، وتوجيهها لخدمتهم. وكانت قد نشرت أفكارها من خلال ندواتها الدورية في مكتبة أكباتانا.

وها هي اليوم في المعبد مع النساء تشاركهم الصلوات مع ابنتها مينا فهي تشعر بالهدوء والسكينة فيه.

في طريق العودة إلى المنزل أمسكت ماندانا بذراع ابنتها التي طالما كانت تعاملها كصديقة لها قائلة:

- اسمعي يا مينا إننا لا نعرف حقاً ما سيحمله الغد لنا. ولكن إما أن نعيش في خوف منه، ونهدر حياتنا، ويكون مصيرنا الموت البطيء، أو أن نتحلى بالحب، وأن نقرر العيش بسعادة بغض النظر عما يؤول إليه يومنا. فلا حياة لنا غداً، إن لم نعشق كل لحظة نعيشها في يومنا هذا.

ووضعت مينا رأسها على كتف والدتها، وكأنها تستند على كتف الإله مزدا.

سرگون

كانت أسراب من الطيور السوداء تحلق في مجموعات كبيرة، عابرة سماء مدينة نينوى في هجرتها السـنوية. كان يوماً ملبداً بغيوم ماطرة، ورياح عاتية تهب على وجه سرگون. كان واقفاً خارج أسوار نينوى أمام فرقة من فرسـان الجيش الأشـوري بجانب المئات من الفرق الأخرى للجيش الهائل والمنظم. جيش يحمل خبرة عسكرية ورثها من مئات السنين. جيش لأقوى إمبراطورية عالمية. جيش من فولاذ لا يقهر.

وضع سرگون يده على قلادة حجر الفيروز التي أهدته إياها حبيبته مينا في بابل كحرز يحميه في كل الأوقات. وقف مسـتذكراً وعده لها بالزواج القريب في بابل، حيث قضـى أجمل أيام حياته برفقتها، ورفقة صـديقه فراورت. والآن عليه مواجهة صـديقه، وأهل حبيبته في معركة وجود فُرضت عليه.

قائلاً لنفسـه: الحروب لا تعرف الحب يا مينا. كل ما تعرفه هو القتل، والدمار.

كان ســرگون الولد الرابع لوالده إيلو أمين مكتبة نينوى التي شــيدها الملك أشــور بانيبال. الملك الذي ســجل على مدخلها (أنا، أشــور بانيبال، ملك الكون، الذي منحته الآلهة ذكاء، والذي اكتسب فطنة اختراق لأكثر تفاصيل ســعة الاطلاع العلمية (لم يكن لدى أي من أســلافي أي فهم لمثل هذه الأمور)، لقد وضعت هذه الألواح من أجل المســتقبل في مكتبة نينوى من أجل حياتي ورفاهية روحي، والحفاظ على أسس اسمي الملكي).

المكتبـة التي كـانت تحتوي على أكثر من ثلاثين ألف لوح طيني قـام إيلو بترتيبها، وتنظيمها بشكل منهجي، لتسهل على زوار المكتبة طريقة البحث فيها.

كان ســـرگون أكثر أبناء إيلو نهماً للقراءة. كان كثيراً ما يرتاد مكان عمل والده حتى أدمن على رائحة الالواح الطينية المتراصــة في رفوف. كانت الألواح منظمة حسب محتواها في مكتبة نينوى الضخمة. وعندما تمكن من القراءة انهال عليها شــوقاً للمطالعة، فوجد فيها عالماً ســحريا من العلوم، والخيال. في أحيان كثيرة كان ينسى نفسه بين تلك الألواح حتى يأتي والده، ويأخذ بيده إلى البيت.

وفي مسـاء يوم من أيام صباه كان عائداً مشياً من زيارة صـديق له، وكان شــارداً بذهنه حول مســتقبله فلم ينتبه لمرور مجموعة فتية من المحاربين أثناء عودتهم من الحانة بعد شـربهم الكثيرة من شـراب الشـعير فاصـطدم بأحدهم سهواً، وقال معتذراً:

- أعذرني يا سيدي!

لكن الفتى بادره بغضب بعد أن لعب الشراب برأسه:

- كيف تجرؤ على فعلها؟ أيها الأحمق! سوف تدفع ثمن ذلك غالياً.

وانقضّوا على سرگون، وتركوه وحيداً في الشارع يعاني من ضرباتهم المبرحة، حتى جاء بعض المارة مساعدين إياه في الوصول الى منزله. لم يستطع تقديم شكوى ضد أولئك المحاربين لأن الأعراف، والقوانين الأشورية كانت تعظم المحاربين، وتفضلهم على باقي فئات الشعب. ومن ذلك اليوم اختار سرگون أن يكون محارباً شرساً، وشارك في العديد من المعارك التي خاضتها أشور ضد الممالك الأخرى، وأحرز بطولات عظيمة في المعارك ضد الفينيقيين، والمصريين. حتى أصبح قائد فرقة من الفرسان المحاربين، وهي رتبة عظيمة في الجيش الأشوري.

وكان قلب سرگون لا يعرف الرحمة بأعدائه فكان يفتك بهم بسيفه، وفي أحيان كثيرة بفأسه الحادة. فكان صارماً، وقاسياً في المعارك لتربيته العسكرية التي نشأ عليها. فكهنة الإله أشور أقنعوا الأشوريين خلال مئات السنين بأنهم سادة العالم، وعليهم أن يتسلطوا على جميع الأمم الأخرى، ويدخلوا الخوف، والرعب في قلوبهم. ورغم ذلك فقد كان سرگون في الأوقات الأخرى مرحاً، ورقيقا كطفل صغير، يشبع نهمه في القراءة بزيارة المكتبة.

كانت القوانين العسكرية في أشور صارمة، وتهمة الخيانة تطلق على كل من يرفض أمراً عسكرياً، ويعدم على أثرها بقطع رأسه، وتعليقها أمام البوابة، ليكون بذلك عبرة لغيره من المحاربين.

كان النقاش بين المحاربين وقادتهم مرفوضة كلياً. كان الأمر فقط من القائد، وعلى المرؤوس تنفيذ الأمر. كان أغلب الجنود من طبقة العبيد، وأطفال الممالك الأخرى الذين خُطفوا في الغزوات، وتربوا في معسكرات المحاربين. وكان يتم إغداق الأموال عليهم بعد غزو البلدان الأخرى. لذلك

بقوا على ولائهم للجيش الأشوري رغبة في الأموال من جهة، والخوف من محاولة الهروب من جهة أخرى. فالموت الرهيب كان بانتظار كل من يفشل.

كان على سرگون أن ينفذ أوامر قادته بالتوجه الفوري الى الجيش مع فرقته من الفرسان. ليس حباً بملكهم ساراك، بل دفاعاً عن أهله ووطنه. فالملك ساراك ورث الحكم عن والده أشور بانيبال بعد أن فتك بأخوته في صراعه على الحكم. وضعفت في عصره الامبراطورية الأشورية، وأصبحت الكثير من الشعوب الخاضعة تطمح في استعادة حريتها. وموقع سرگون كقائد عسكري أشوري يحتم عليه خوض القتال بشرف، والدفاع بكل قوة عن وطنه حتى إذا كان الثمن مواجهة صديقه الرائع فراورت، وخسارة حبيبته مينا.

فتنهد بحسرة من قلبه المتألم، ويده مازالت ممسكة بقلادة مينا قائلاً:
- سامحيني يا حبيبتي مينا! فأنا لم أختر هذا الأمر. والدتك تقول إن الانسان يختار مصيره، ولكنني لا أريد هذا المصير. إن مقولة والدك أن الإله هو الذي يضعنا في التجارب أقرب إلي في موقفي هذا. فأنا أتمنى أن أتزوجك، وأعيش معك في سلام إلى الأبد. ولكن ها أنا ذا في أرض المعركة، والقدر يفرض عليَّ إما أن أقتل أعزَّ صديق لي، وهو أخوك، أو أنه سيقتلني. فتباً لهذا القدر اللعين! وتباً لهذه الحياة البائسة التي لا تمنحنا حرية الإختيار! كم أتمنى يا حبيبتي مينا أن تحمل الريح كلماتي إليك! وتقول لك إنني أحبك، وسأبقى أحبك من أعماق قلبي إلى الأبد.

يد الإله الغاضبة

كانت الشمس قد انحرفت من وسط السماء باتجاه الجهة الغربية، ولم يبق لغروبها الا وقت قصير كان الجيش الميدي قد وصل الى الناحية الأخرى من سهل نينوى، حيث كان الجيش الأشوري الضخم المدجج بالأسلحة واقفاً بانتظارهم.

كان الملك كيخسرو لابساً الزي العسكري، وسيفه القصير وسط خصره. تسلق الملك البرج الخشبي الذي يصاحب الجيش الميدي بهمة عالية. اعتلى الملك البرج ليخاطب جيشه كعادة ملوك ميديا.

فهذه هي اللحظة التاريخية التي حلم بها، وبنى مجده، وامبراطوريته من أجلها. هذه اللحظة هي الحد الفاصل بينه، وبين تحقيق حلمه في الانتقام لوالده، ولأجداده، وتحقيق الحرية لشعبه. ها هوذا السور أمامه، وفي أعماقه تفور رغبة عارمة في اجتياحه للفتك بالملك ساراك. فنادى بالجيش بأعلى صوته:

- اسمعوني أيها المحاربون! اسمعوني أيها الأبطال! اسمعوني أيها الميديون الأحرار! اليوم هو يومكم هو يوم بطولتكم. يوم سيذكره التاريخ الى الأبد. فحربنا هنا هي حرب وجود في هذا العالم. حرب حريتنا. فنحن اليوم أمام خيارين؛ خيار أن نسحق أسوار

نينوى، لنربح حريتنا، ونصبح سادة العالم، ونريح أرواح أجدادنا الهائمة حولنا التي أزهقتها أيادي هؤلاء الظالمين، أو خيار أن نخسر حياتنا، وحياة زوجاتنا، وأولادنا، ونصبح عبيداً إلى الأبد. فالخيار لكم اليوم أيها الشجعان.

فصاح فراورت بأعلى صوته:

- سنختار الحرية والنصر.

فردد الجميع ورائه:

- الحرية والنصر. يحيا الملك كيخسرو! تحيا ميديا!

وأصبح هتافهم هديراً قوياً اخترق أذني الملك الأشوري ساراك الواقف على برج في أعلى سور نينوى. فعلّق قائلاً لمستشاره بوزور:

- لقد أصبح العبيد يرفعون رؤوسهم يا بوزور. أقسم بأشور أنني سأبيد نسلهم إلى الأبد. فنحن سادة هذا العالم منذ ألفي سنة، وسنبقى في الحكم إلى الأبد. لقد تجرأ هذا الوغد كيخسرو على غزو أشور، وتحطيم معبد الاله أشور، وأسر كهنته. والآن يتابع وقاحته في غزو نينوى. فمن أين له الشجاعة للإقدام على تلويث مقدساتنا، وغزونا في مدينتنا؟ ألا يعرف هذا الوقح من نحن؟ وماهي قوتنا؟ سنلقنه درساً لأجل وقاحته، وسنرمي أجسادهم لكلابنا، طعاماً لأسودنا. أما رؤوسهم المقطوعة فسأعلقها في رقبة نسائهم اللاتي. قسماً ليكونن جاريات متعة في أسواق نينوى.

فرد بوزوربحماس:

- نعم يا ســيدي! ســنعلمهم أن العبيد يجب أن يبقوا عبيداً. والويل للعبيد إن اعتدوا على أسيادهم. وسوف يعلمون أن الأشوريين لا يُهزمون، بل كانوا، وسيبقون سادة، وحماة لعرش الإله أشور.

كان الملك ساراك يعرف قدرات جيشـه جيداً، ومدى قوته، وصلابته. فليس هنـاك جيش يصــمـد أمامـه في القتـال. لذلك توقع أن الحرب لن تطول، وسيقضي تماماً على الجيش الميدي مع بدء المعركة.

ولمـا كان الظلام قد حَل، ولم ينهزم الجيش الميدي بعد. بل كان الجيش الميدي قد أبدى قدرة قتالية عالية. انسـحب الأشـوريون الى داخل السـور، ودفن الميديون قتلاهم. وقامت الممرضات، والمسعفات بمداواة الجرحى. لقد تفاجئ فراورت أيضاً ببسـالة جيشـه، وقدرته القتالية العالية أمام الجيش الأشوري المتوحش. فالتدريبات النفسية، والجسدية كانت قد أتت ثمارها. لقد كـان فراورت يقاتـل في المقدمـة ليحفز القـادة، والجنود على التقدم، واكتسـاح الجنود الأشـوريين. وكان يتمنى من كل قلبه ألا يواجه صـديقه سرگون. ففي المعركة لا صداقات تذكر. وحده القضاء على الآخر مسموح به. ومن حسـن الحظ أن اليوم كان قد انتهى بدون أن يضـطر لمواجهة سرگون. فهو يعرف أنه مع المواجهة لن يتمكن الإيفاء بوعده لأخته. ففأسـه وسيفه مزقا جسد كل من وقف في طريقه من الأشوريين، لدرجة لم يعرف كم جندياً قتل في ذلك اليوم. فحركته السـريعة، وطريقة استعماله لسـيفه، وفأسـه جعلته نمراً لا يراه الجنود إلا وسـيفه، أو فأسـه مغروس في جسـد الذين يبارزونه.

- لقد فعلناها حقاً جلالتكم! فها هي نتائج سـنوات اسـتعداداتنا تؤتي ثمارها. إننا نصـنع المعجزة بمواجهة أقوى جيوش الأرض. هكذا قال الحكيم هارباك للملك كيخسرو.

فرد الملك:

- الأهم أن نستمر، وندخل نينوى، ونمرغ أنف ساراك بالتراب.

أجابه هارباك:

- غداً صباحاً سيكون الجيش البابلي هنا. وسنتمكن من ذلك.

فقال گوماتا:

- لقد زرت نينوى عدة مرات سابقاً، ولكن لم أكن أتوقع أن أسوارها ستصمد أمام مناجيق جيشنا النارية. فهل لاحظتم معي أن الأسوار قوية جداً؟ هي لم تتأثر أبداً بكل ما رميناه من حجارتنا.

فوافقه الملك في ملاحظته:

- هل لديكم اقتراح لتوفير الجهد؟

فأردف سابور:

- الاقتراب من السـور، أو محاولة تسـلقه يعتبر هلاكاً. إن سـهام الرماة تنهمر بشـكل غزير من أعلى السـور. كما أنهم يرمون الكرات النارية، ويصـبون الماء المغلي لكل من يحاول الاقتراب من السور.

فقال گوماتا:

- يجب إخبار مـازاري بذلك فقد يجد لنا حلاً مع فتيانه المبدعين لاختراق السور.

فأجاب الملك موافقاً:

- وهذا ما سنفعله. سأرسل رسولاً إلى إكباتانا الآن.

فقال گوماتا بحماس وثقة كبيرة:

- قريباً سنشعل نيران الإله مزدا في نينوى كما أشعلناها في أشور.

فصاح ناحوم بفرح عظيم:

- نعم يا گوماتا حان الوقت لانتقام الرب من نينوى الشريرة.

فأيده الملك في ذلك بقوة:

- حقاً قلت يا ناحوم! فجيشـنا هو يد الإله الغاضـبة، وقد حان وقت الانتقام.

سابور

كالنمل المنظم كان أفراد الجيش الميدي يتحرك جيئة وذهابا لأداء واجباتهم. فالضغط شديد على الجميع في هذه الأيام العسيرة في الحرب.

التحق الجيش البابلي بالجيش الميدي أمام أسوار نينوى بقيادة الملك نابوبولاسر، وابنه الشاب نبوخذ نصر الذي كان في مقتبل العمر.

واستمر صمود الأشوريين أمام الجيشين المتحالفين. نينوى المدينة التي كان يسكنها أكثر من مئة وخمسين ألف شخص. إن سقوطها يعني نهاية أشور. وهذا ما جعل الأشوريين مستميتين في الدفاع، ومنع المهاجمين من دخول نينوى.

فتحوا بوابة نينوى الرئيسية البرونزية الضخمة في الصباح ليندفع منها الجيش الأشوري، ويقاتل الجيشين الميدي، والبابلي حتى المساء، حيث ينسحب من جديد إلى داخل المدينة تحت حماية من رماة السهام من على أبراج السور. وفي المساء يقوم الطرفان بجر جثث القتلى، ومداوة الجرحى. وكان لفريق المسعفات، والممرضات في الجيش الميدي الدور الكبير في تلك العملية، حيث تقمن بالإسعافات الأولية، ومداوة الجرحى،

والتخفيف من آلامهم من خلال رعايتهم، وتحفيزهم. فيعود القسم الأعظم من المحاربين الجرحى للمعركة. أما الذين لديهم جروح كبيرة فكان فريق الأطباء بقيادة الحكيم سابور يقوم بمعالجتهم، وخياطة جروحهم.

سابور كان الابن الأكبر لوالده الذي كان يعمل في أحد المدابغ التي تقوم بتلوين الخيوط الصوفية لصناعة الملابس الصوفية. وقد حاول توجيه سابور لمهنته لمساعدته في المصاريف. إلا أن سابور الصبي لم يستسغ هذه المهنة، وكان شغوفاً في فك رموز الكتابة لما وجد فيها من سحر تعلق به قلبه.

سابور كان يسّرُ ذلك لصديقه الصغير أرتاك. صديقه أرتاك كان يتعلم في إحدى حلقات التعلم الصغيرة التي يشرف عليها والده. كان يقرأ لسابور تلك الخطوط السحرية الموجودة على الألواح الطينية. وفي إحدى المرات سأله والد صديقه المعلم:

- ما رأيك يا سابور أن تأتي لأعلمك القراءة والكتابة. فأنا أرى فيك رغبة شديدة للتعلم.

فرد سابور:

- ولكن والدي قد لا يوافق. فأنا أساعده في الإنفاق على والدتي وأخوتي الصغار.
- لا تخف يا بني سنجد حلاً لذلك.

وبالفعل بعد عدة أيام حضر سابور إلى حلقة التعلم، بعد أن أقنع المعلم والده بفضل التعليم، وخاصة بعد تَكفُل الملك بمصاريف طالبي العلم.

وكانت هذه بداية جديدة في حياة سابور. حيث استطاع قراءة الألواح الطينية بعد سنة واحدة، وأصبح من رواد مكتبة أكباتانا.

فتـأمـل والـده فيـه خيـراً كبيراً بعـد أن رأى قـدراتـه المـذهلـة في القراءة، والحساب.

وبعد عدة سـنوات اجتاز اختبارات عديدة في العديد من العلوم، واسـتطاع حجز مكان له لدراسـة الطب على يد أمهر أطباء ميديا. ولم يكتفِ سـابور بما تعلمه، بل سـافر نحو مصـر الى الإسـكندرية، وهناك صـقل مهارته الطبية، وتمكن من تشريح الأجساد لمعالجتها، وخياطتها. ورغم الإغراءات للبقاء في مصـر، ويصـبح من كبار أطباء فرعون، إلا أن الحنين لعائلته، ووطنه منعه من قبول ذلك. وقرر العودة إلى طبيعة ميديا الجميلة، وجبالها. كان قد أصبح من أمهر أطباء أكباتانا، يقصده المرضى الذين حار الأطباء في مداواتهم. وعلا شأنه فأصبح رئيس أطباء ميديا. وضمه الملك كيخسرو لمجلس الحكماء ليس فقط لمهارته الطبية، بل لأخلاقه العالية، ووفائه. فهو خير من يمثل الفرس في المملكة.

حتى قال له والده قبل وفاته:

- 	شكراً يا بني! فأنت أفضلُ ما حققتُ من إنجاز في هذا العالم.

سـابور كان ملتزماً بأخلاقه كطبيب لذلك كان يعالج الجميع، حتى لو كانوا ألد أعدائه. فكان يردد دائماً:

- 	أنا يد الإله الشافية للجميع.

وهذا ما أبداه حقاً في جميع المعارك التي خاضـهـا مع الملك كيخسـرو كطبيب فكان يعالج الأسـرى كمعالجته لشـعبه. لذلك أحبه حتى الأسـرى، وعظم حبه في قلوبهم. كما أحبه جميع شعب ميديا بمختلف أطيافه.

وكان سابور يستعين في أحيان كثيرة بقدرات الحكيم غوماتا. فهو الخبير العارف بالنفس، والعقل في المرضى المتوهمين، أو الذين أصيبوا بالجنون. وهذا أعطى نتائج فعالة في الشفاء.

ورغم الفارق العمري بين غوماتا وسابور، إذ إن غوماتا يكبره بعشرين سنة، إلا إنهما أصبحا صديقين يستشيران بعضهما في جميع الأمور المتعلقة بجسد الانسان، وروحه، وعقله.

وكان سابور من أشد المعجبين بفلسفة ماندانا زوجة غوماتا، وكان دائم الحضور في الندوات التي تقدمها ماندانا في مكتبة أكباتانا.

ولقد كان اهتمام ورعاية الحكيم سابور وطاقمه الطبي مدعاة للعجب من قبل الأسرى الأشوريين. فمن عادة الجيش الأشوري أن يعذب الأسرى، ويقتل الجرحى، ويرمي الأقوياء منهم في حلبات مصارعة الأسود للتمتع برؤيتهم وهم يُفترسون، ويقطعون. بعكس معاملة واهتمام سابور، وطاقمه بهم. لذلك كان جرحى الجيش الأشوري يكنون كل الشكر، والتقدير للحكيم سابور، ومساعديه من الأطباء، والممرضات، والمسعفات لما قدموه من خدمات علاجية للجميع بدون تمييز.

النبوءة

في السماء الصافية المزينة بالنجوم. سطع القمر بنوره على الأرض. وكان في صــوت ذكور صــرصــار الليل رغبة في جذب إناثها، وإبعاد لمنافسـيها من الذكور، كأنه إعلان للقتال معها.

بينما كان معظم جنود بابل وميديا يغطون في النوم العميق، بعد يوم كامل من القتال، استعداداً لليوم التالي، للبدء من جديد.

وحدهم الحراس، والقادة كانوا مستيقظين.

كل ليلة كان الملك كيخســرو يجتمع مع حكمائه، وقادته، ومع الملك البابلي نابوبولاسر، وابنه نبوخذ نصر، وحكماء بابل، وقادة جيشها.

وفي الاجتماع استهلَّ الملك كيخسرو الحديث فقال:

- هاهو الشهر الثالث قد أوشك على الانتهاء، ونينوى ذات الأسوار القوية، والجيش الجبار لم يهزموا بعد.

فقاطعه الملك البابلي نابوبولاسر:

- وحق الإله سين إن هذا أعظم انتصــار لميديا، وبابل. فنحن نقارع أقوى، وأشرس امبراطورية على الارض منذ ألفي سنة.

وافق فراورت كلام الملك قائلاً بثقة:

- أوافق جلالتكم تماماً. فصمودنا كل هذه المدة أمام أعظم جيش على الأرض، يعني أن قوة جيشي ميديا، وبابل تعادل قوة الجيش الأشوري. بل أكاد أقول، وبكل صدق، إننا نتفوق عليهم في أرض المعركة. يشهد على ذلك بطولاتنا في القتال. حيث يكاد كل جندي منا يعادل خمسة جنود منهم. ولولا احتماؤهم بأسوار نينوى، لكنا أبدناهم.

فنظر إليه الأمير البابلي نبوخذ نصر نظرة إعجاب، وقال له:

- كلامك صحيح يا فراورت!

ودعني أبدي إعجابي الشديد ببطولتك. فأنت من أشجع المحاربين الذين انجبتهم الأرض، حتى أكاد أقول إنك تملك جناحين تطير بهما في المعركة، وتنقض بكل خفة بفأسك، وسيفك على العدو. لذلك سأسميك الفارس المجنّح. فلا أعتقد أن هناك جيش سيُقهر، إن كان من يقوده هو بطل مثلك.

فردّ فراورت مبتسماً شاعراً بالخجل من إطراء صهره:

- شكراً لإطراء جلالتكم! قد لا أكون استحق كل ذلك. فما أنا الا جندي في خدمة ميديا، وملكها المبجل. كل نصر لنا هو نتيجة لجهود جميع المستبسلين في الجيشين الميدي، والبابلي.

فصفق الجميع لتواضع فراورت العظيم. خاصة أن الجميع أعجب بقدرته، ومهارته القتالية.

شعر غوماتا بالفخر بابنه، ولشدة تواضعه أدمعت عيناه، فكل ما زرعه في ابنه قد أتى بثماره. فها هو يراه محارباً عظيماً متواضعا.

والتفت الملك كيخسرو لفراورت قائلاً:

- وحق مزدا إن ما قاله الأمير نبوخذ نصر هو عين الحقيقة. ولذلك نلقبك منذ اليوم بالفارس المجنّح. فأنا مؤمن بأن الإله مزدا قد منحك جناحين خفيين. فما تفعله يعجز عنه أعظم محاربي أشور. وعندما يرى الجنود روحك القتالية العالية، وبراعتك يقاتلون بكل قوتهم. وإني أرى أن الوقت قد حان لتدمير نينوى. فهذا الحر الشديد سيصيب المحاربين بالملل، والتعب. إن مدينة نينوى تخزّن الكثير من الطعام، فالحل هو تدمير الأسوار، واقتحامها كي لا يطول الأمر بنا لسنوات.

فوافقه هارپاك:

- هذه المدينة الملعونة ستمتص قوتنا، وتجعلنا ضعفاء. ومناجيق جيشينا ـ رغم قوتها وقذائفها النارية ـ لم تؤثر في هذا السور الجبار. علينا إيجاد حل سريع، كي يتم اقتحامها، قبل أن يهلكنا الحر الشديد.

فاقترح ناحوم:

- ماذا لو حولنا مياه نهر دجلة نحو أسوار المدينة كقوة طبيعية لتحطمها!

فأجابه الملك نابوبولاسر:

- هذا يحتاج لمزيد من الوقت، والقوة. نحن لا نريد تبديد قوة جنودنا في الحفر في هذا الحر الشديد، كما لا نريد الانتظار لمدة طويلة.

فرد ناحوم:

- وحق يهوه قلتم الحقيقة. وإني - حتى لو لم أملك حلاً لاختراق أسـوار نينوى- مؤمن بسـحق نينوى كما تنبئ صفنيا النبي من مملكة يهوذا قبل سنوات طويلة حيث قال في رؤياه: "ثُمَّ يَبْسُطُ يَدَهُ نَحْوَ الشِّمَالِ، وَيُبِيدُ أشـور. وَيَجْعَلُ نِينَوَى قَفْراً مُوْحِشـاً، أَرْضـاً قَاحِلَةً كَالصَّـحْرَاءِ. تَرْبُضُ فِي وَسَـطِهَا الْقُطْعَانُ وَسَـائِرُ وُحُوشِ الْبَرِّ، وَيَـأْوِي إِلَى تِيجَانِ أَعْمِدَتِهَا الْقُوقُ وَالْقُنْفُذُ وَيُنْعَبُ الْغُرَابُ عَلَى عَتَبَاتِهَا، لأَنَّ أَرْزَهَا قَدْ تَعَرَّى. هَذِهِ هِيَ الْمَدِينَةُ الطَّرُوبُ الَّتِي سَـكَنَتْ آمِنَةً قَائِلَةً لِنَفْسِـهَا: أَنَا وَلَيْسَ لِي نَظِيرٌ! كَيْفَ صَـارَتْ أَطْلاَلاً، وَمَأْوىً لِلْوُحُوشِ الْبَرِّيَّةِ؟ كُلُّ مَنْ يَجْتَازُ بِهَا يَصْفِرُ دَهْشَـةً وَيَهُزُّ يَدَهُ."

فقال گوماتا:

- حتى قطرات الماء الضعيفة تثقب أصلب الصخور، إذا استمرت في ضربها. فكل ما علينا هو أن نستمر في عملنا، ونترك النتيجة للإله.

فصفق الجميع، وازدادوا إيماناً بأن النصر قريب.

الآلهة

كانت الشمس في وسط السماء الزرقاء تطل بضيائها على أرض المعركة، وكانت المعركة على قدم وساق بين الجيش الأشوري الصنديد المدافع عن أرضــــه ودياره من جهة، وبين الجيشـــين الميدي والبابلي المهاجمين المتطلعين للخلاص الأبدي من حكم أشـور والراغبين بنيل الحرية من جهة أخرى.

رأى الجميع فجأة آلهة عملاقة تكاد رؤوسـها تلامس الشـمس. كانت الآلهة تتقدم باتجاههم. وقد انتبه الجنود الأشوريون وقادتهم لها، وقرروا الانسحاب مرعوبين إلى داخل السـور إلى حين أن ينكشـف لهم أمر هذه الآلهة. فهم اعتقدوا أن الإله مزدا اسـتجاب لدعوة گوماتا، وأرسـل الآلهة الضـخمة لمساعدة الميديين، والبابليين.

إذ كان گوماتا يصعد كل يوم قبل شروق الشمس الى البرج، ويقرأ مزاميره بصوت عالي، ويدعو الإله مزدا للتدخل في الحرب، وتحقيق النصر.

وقف الجيشان البابلي والميدي مذهولين من منظر الآلهة الهابطة من السماء باتجاه الأرض. كانت الآلهة كجبال عملاقة تحجب الشـمس، وتزحف ببطء شديد نحوهما. كان الجيشـان مؤمنين بأن المعجزة قد حدثت، وأن الإله مزدا قد استجاب للماگ.

لم ينم الحكيم مازاري منذ أن طلب الملك كيسخرو منه إيجاد حلٍّ لاقتحام أسوار نينوى. كان يجهد التفكير ليلاً، ونهاراً لإيجاد حل. كان يجتمع مع نخبة المهندسين، ويطلب منهم جميع اقتراحاتهم، حتى الخيالية منها، فهو الحكيم العارف بمدى حصانة أسوار نينوى القوية.

وهو الآن في مواجهة حقيقية. فمصير ميديا، وبابل متعلقان بقدرته على إيجاد حل لاقتحام أسوار نينوى.

في طفولته التي قضاها في مدينته بيتريا اهتم مازاري بتركيب الأشياء، فكان يركب الأحجار بالملاط الرملي على شكل بيوت، أو يضغط الرمل مع الطين ليصنع منها أشكالاً هندسية.

كان والده محارباً، وقد قتل في إحدى المعارك الميدية ليصبح مازاري يتيماً. أما والدته الشابة فقد امتنعت عن الزواج، وقررت الاهتمام بابنها مازاري.

كان مازاري يساعد والدته في زراعة قطعة الأرض بجانب المدينة التي ورثاها عن والده. وكان مازاري يهتم ببقرتهما. بينما كانت والدته تبيع الخضار الموسمية، ومنتجات حليب البقرة، ليكسبا قوتهما.

تمكن مازاري من الالتحاق بالتعليم في إحدى حلقات التعلم في بيتريا. وعندما اشتد عوده، قرر الذهاب إلى أكباتانا لزيادة معارفه العلمية. درس الحساب، وقياس المسافات، وتركيب العربات، والبناء. فكان علمه واسع الأفق. وقد تمكن في فترة قليلة من إتقان عمله. وقد أدهش جميع أترابه في صنع آلات جديدة تتحرك بالاعتماد على الماء الجاري، أو الهواء. فصنع عجلة تحركها الرياح لطحن الحبوب، وصنع عجلة مائية لنقل ماء الأنهار

الى الأراضــي الزراعية، كما صــمم مع زملائه شــبكة ري اســتخدمها المزارعون الميديون في سقاية أراضيهم.

وذاع صــيت مازاري في ميديا، وأصــبح كبير المهندسـين في أكباتانا. وقد تهافت عليه الطلبة للنهل من علومه. وقد اختاره الملك كيخســرو كحكيم للعلم في مجلسه، فاطمئن قلب والدته التي قدمت شكرها للإله مزدا بإطعام فقراء مدينتها مدة سبعة أيام.

وبعد جهد جهيد، وتمعنٍ في التفكير لإيجاد حلٍّ لاقتحام أســوار نينوى، رفرفت فكرة في مخيلة مازاري، واشــتعل حماســاً لتنفيذها. ورغم الشــك الذي أبداه البعض، زاد إصـــراراً على تنفيذها، مما أشــعل الحماســة لدى الجميع.

ومع ألف عامل من الحرفيين الماهرين، وبعد ثلاثة شــهور من العمل الجاد استطاع إتمام فكرته. ونجح في تجربتها. ووقف جميع من شـاهدها مندهشا أمام هذا الانجاز الكبير متعجباً من ضخامة هذه الجبال العملاقة التي تجرها أربعمائة ثور يرافقها ألف فارس في طريقها الى أرض المعركة في ســهل نينوى.

عقاب الرب

في الصباح الباكر حيث كانت نسمات الهواء العليلة تداعب وجوه الجنود، وبعد أن ردد گوماتا مزاميره بصوته الشجي صعد الملك كيخسرو قمة آلهة مازاري الجديدة ليخطب أمام جيشه مع گوماتا، وهارباك، وناحوم، وسابور، ومع مازاري الذي وصل حديثاً إلى أرض المعركة.

نادى الملك بصوت يشبه الرعد مخاطباً:

- أيها الأبطال أيها الشجعان! اليوم يوم الحرية. والحرية تقف خلف تلك الأسوار. وسنزيل الأسوار بشجاعتكم. وسنهزم أشور، ونمرغ أنف ملكها في التراب، كما مرغ هو أنوف الكثيرين من الملوك في التراب. فالعين بالعين، والسن بالسن. اليوم يوم انتقام لجميع ملوك ميديا، فأرواحهم ترفرف فوقنا متعطشة للانتقام المذكور في شرائع الآلهة مزدا، ويهوه، ومثيرا، وسين. اليوم يوم مجدكم لتعودوا متوجين بالمجد إلى أطفالكم، وزوجاتكم، وتنعموا بالحرية إلى الأبد. لتحيا الحرية! تحيا ميديا! تحيا بابل!

فانطلق هدير قوي ورددوا بصوت واحد:

- يحيا الملك كيخسـرو! يحيا الملك ناپوبولاسـر! تحيا ميديا! تحيا بابل!

وتقدم گوماتا باتجاه الجيش، وخاطبهم بصوت قوي:

- أيها الأبطال! إن هذا اليوم تمناه أباءنا، وقد تمنيناه لأبنائنا. أنه يوم الحرية، يوم الإله يوم النور. اليوم سـيسـطع نجمكم في السـماء بجانب الشمس المقدسـة، وسـتصـنعون مجد ميديا بالذهب لينير طريق أطفـالكم. فأنتم اليوم تدافعون عن حريـة أطفـالكم، لينعموا بحياة دون خوف، ومليئة بالحب.

ثم قال بحماس:

- رددوا خلفي أيها الأبطال: أنا المحارب الميدي الشـجاع. ولدت حراً بنور الإله وسـأبقى حراً بحماية الإله. سـأحارب بكل قوتي ضـد جميع من يقف في طريق حيـاة حرة لأطفالي، لعـائلتي، لأهلي، ولجميع شـعـب ميديا. عاشـت ميديا حرة! عاش الملك كيخسرو العظيم!

ردد الجميع العبارات بصوت واحد.

كما خاطب الملك ناپوبولاسـر جنوده واشتعلوا حماسـاً، وشـجاعة. وأطلق الملكان إشـارة الهجوم، فهطل وابل من الحجارة الضـخمة التي تزيد وزنها على نصـف طن من المناجيق الأربعة العملاقة التي صـممها مازاري مع مساعديه.

كانت الضـربات تهز سـور نينوى بعنف. وماهي الا فترة وجيزة حتى سقطت الأسوار، وكشفت عورة المدينة. وبانت المدينة أمامهم بعد أن تفتت حجارة سورها. فانطلق الجيشان البابلي والميدي بقوة إلى الداخل.

كانت صدمة عظيمة للجيش الأشوري، ولسكان نينوى، وانهارت معنوياتهم بسـرعة البرق، لأنهم كانوا متعبين نفسـياً، وجسـدياً بعد حصـار مدينتهم كل تلك الشهور.

وعندما تأكد ملك أشـــور من النهاية الحتمية أمر عائلته، وجواريه، وعبيده برمي أنفسهم في حفرة النار المخصصة لصهر المعادن. ثم قام برمي نفسه كي لا يقع ذليلاً بين يدي من كان يعتبرهم عبيداً.

وبعد انتشــار خبر احتراق الملك، استسـلم الجيش الأشوري دون مقاومة، بينما فرَّ قسـم من الجنود مع عم الملك بما اسـتطاعوا حمله من الأموال والذهب.

سقطت نينوى وسقطت معها الامبراطورية الأشورية العظمى.

كان يوم انتصـار وفرح عظيم لجميع محاربي، وملوك ميديا، وبابل ما عدا فراورت. فقد كان قلقه على مصـير صـديقه سـرگون ينغص عليه فرحة الانتصـــار فبحث عنه كالمجنون في شـــوارع نينوى وتحت أحجار ابنيتها المهدمة. وبعد وقت طويل من البحث وجده ملقى بكامل عتاده على الأرض والدماء تنهمر منه، وسهم مغروس في صدره. فضمه بجنون الى صدره، وبكاه كطفل صغير.

وفجأة شعر بحركة من سرگون.

توقف عن البكاء محاولاً هز رأس سرگون.

صفعه بضربات خفيفة، فتحرك سرگون متأوهاً.

ناوله الماء من قربته وبعد أن شـــرب طلب فراورت من إحدى المسـعفات المساعدة، وهو يدعو الإله مزدا من كل قلبه ليكون صديقه سرگون بخير.

كان فراورت قد تعلّم ألا يسحب سهماً، أو رمحاً، أو سيفاً من جسم جريح كي لا يعرضه لخطر نزيف، بل الأفضل أن يترك الأمر للطبيب. ولذلك ترك السهم المغروس في صدر سرگون، وسارع لإحضار سابور.

هرع سابور للنجدة محاولاً إنقاذ سرگون. وبمهارة سحب السهم من صدره، وعقم جرحه، وخيطه. وطمأن فراورت قائلاً له:

- وحق مثيرا! أشهد أنها معجزة. فإن قلادة فيروز التي كان يرتديها هذا الفارس الأشوري منعت السهم من الانغراس عميقاً. ولذلك جرحه ليس عميقاً، وسيشفى خلال عدة أيام.

ففرح فراورت بما سمعه فرحاً عظيمًا.

إن ذلك يعني أنه سيفي بوعده لأخته مينا. فهو لم يتأنّ في الحفاظ على حياة صديقه سرگون. وقد ساعده في العودة سالماً إلى الحياة.

وبعد أن استولى الميديون، والبابليون على جميع كنوز نينوى، تنازل الملك كيخسرو عن كنوز الملك الأشوري للملك البابلي، مقابل أن يمتد حكمه على نينوى.

فأصبح الملك كيخسرو سيد أشور. وسمع الجميع صوت ناحوم وهو يشمت في نينوى وأشور بعد أن عانت جميع الشعوب من حكمها وظلمها:

"قَدْ نَامَ رُعَاتُكَ يَا مَلِكَ أشورَ، وَغَرِقَ عُظَمَاؤُكَ فِي سُبَاتٍ عَمِيقٍ، تَشَتَّتَ شَعْبُكَ عَلَى الْجِبَالِ وَلاَ يُوْجَدُ مَنْ يَجْمَعُهُمْ. لاَ جَبْرَ لِكَسْرِكَ، وَجُرْحُكَ مُمِيتٌ. وَكُلُّ مَنْ يَسْمَعُ بِمَا جَرَى لَكَ يُصَفِّقُ ابْتِهَاجاً لِمَا أَصَابَكَ، فَمَنْ لَمْ يُعَانِ مِنْ شَرِّكَ الْمُتْمَادِي؟"

كانت هذه نهاية امبراطورية سادت لألفي عام. وانقسم العالم بعدها لأربع إمبراطوريات عظمى:

ميديا، وليديا، وبابل، ومصر.

ذلك اليوم اعتلى قادة، وملوك ميديا، وبابل برج نينوى الكبير.

وصاح گوماتا بأعلى صوته، رافعاً يديه نحو السماء، نحو الشمس:

- الشكر لك يا إلهي مزدا فقد حققت وعدك، وأشرقت شمسك من جديد على العالم.

فهرس الفصول

ميديا 8

النبي 16

الماگوس 23

فراورت 28

التحالف 32

الوليمة 38

التعويذة 41

الحرية 44

الحرب 48

الأماني 52

سرگون 57

يد الإله الغاضبة 61

سابور 66

النبوءة 70

الآلهة 74

عقاب الرب 77